나는 무당이 아니다

초판 1쇄   2012년 9월 10일
2쇄 발행   2012년 9월 24일

지은이   이미자
발행인   이명수
편 집   구본일
디자인   이순옥 이다영
기 획   서정형
정 리   진용숙
발행처   도서출판 세줄(등록번호 2-4000)
          서울시 중구 인현동 1가 115-1 ☎ 02)2265-3748
총 판   선교횃불 ☎ 02)2203-2739 FAX. 2203-2738

값 11,000 원
ISBN 978-89-92211-70-3   03230

* 잘못 만들어진 책은 바꾸어 드립니다.
* 본사의 허락없이 무단전재와 복제를 금합니다.

이 미 자 지음

추천의 글 | 하나

세상에는 눈에 보이는 가시적 세계와,
보이지 않는 영의 세계가 공존합니다.
경우에 따라 유심히 느끼는 사람도 있고,
애써 무시하며 거절하는 사람도 있습니다.

그러나 영적 세계는
없다고 우겨서 없는 것이 아니고
있다고 인정해야 생겨지는 것도 아닙니다.
우리는 이미 삶 속에서 이와 같은 사실을 체험하며 살고 있습니다.

인생이란,
때로는 흠뻑 젖은 얇은 옷을 끼어 입는 것처럼
불편한 일도 많고,
꽝꽝하게 얼어붙은 운동화를 신을 때처럼 거북한 일도 있습니다.

방안의 코끼리처럼,
그 존재를 인정할 수도, 무시할 수도 없고,
돼지우리에서 나온 두엄에서 모락모락 김이 오르듯

숨길 수도 덮을 수도 없는 억울한 상황도 있습니다.

이러한 상황들을 생활 속에서 직접 접근하여 좋은 책을 펴낸 사람이 있습니다.

이미자 권사님은 적지 않은 나이에도,
우리 주변에서 흔히 일어나는 사건들을 관찰하여 좋은 책을 펴냈습니다.

특히 그 목적이 아주 선하고 갸륵합니다.
이 책을 읽고, 단 한 명이라도 자신의 인생을 진지하게 보다 적극적으로 대처해 나가서 운명이라 믿고 패배감에 젖었던 이들이,
보다 적극적으로 대처하여 승자가 되기를 기대한다고 했습니다.

저자의 바람대로 이 책이 수많은 사람들에게 읽혀지기를 추천합니다.

2012년 9월

연세대학교 의과대학 외래교수 신바람 박사 황수관

추천의 글 | 둘

　이미자 님의 "나는 무당이 아니다" 저서를 통해서 나는 나 자신의 삶을 한번 돌아보게 되는 기회가 되었다.
　물론 책에 등장하는 인물들과 나의 삶과는 많은 차이가 있지만 삶의 현장에서 치열하게 자신의 삶을 살고 자신이 어떤 일을 선택하는 것 같지만 우리의 삶의 배후에 어떤 큰 손이 항상 우리의 삶을 움직이는 것을 보게 된다.

　이 책은 우리 이웃의 이야기라서 너무 재미있고 밀착적이다.
　그러면서도 영혼을 바라보는 시선을 계속 제공한다.

　이 책은 손에 잡으면 쉽게 놓지를 못하고 끝까지 읽게 하는 승리와 의의 손길을 보게 하고 어둠을 떨치고 빛을 향한 여정으로 인도한다.

　이 책을 읽는 모든 이에게 영적 두 세계에 대한 깊은 관찰의 시각이 열려지기를 바라며 기쁜 마음으로 이 책을 추천한다.

2012년 9월
희망찬교회 안영실 목사

프롤로그

내 나이 60세!
어느덧 황혼의 나이가 되어 있었습니다.
갑자기 다가온 숫자에 번득 놀라 남은 세월 어떻게 보낼까 고민하였습니다.
무언가 새로운 일에 도전해 보기에는 용기 없는 나이지만 좀 더 가까이 영적인 세계를 향해 다가서고 싶었습니다.
그러면서, 그동안 직접 경험했던 일들과,
가까이서 보고 들었던 안타까운 일들을 이야기로 써보고 싶다는 생각을 하고 있었는데,
때마침 사위가 크리스마스 선물이라며 노트북을 사주었습니다.
'그래, 한 번 써보자!'
용기를 내어 독수리타법으로 자판을 두드렸습니다.
그렇게 시작된 이 책의 내용들은 거의 모두가 실화를 바탕으로 재구성한 소설입니다.
이 책 속의 내용은 실제 우리 일상에서 얼마든지 볼 수 있는 친숙한 일들입니다. 때문에 독자 모두가 쉽게 공감 할 수 있으리라 여겨집니다.
어느 분의 시 속에 이런 말이 있더군요.
'아편 중독자는 아편으로 살다가 아편으로 인해 죽게 되고,

술 중독자는 술로만 살다가 술로 인해 죽게 된다.'
이 시를 보면서 공감했습니다.
"맞다, 우리는 저마다 뭔가에 미쳐서 몰두하며 살다가, 그로 인해 스스로 평가받는 날이 있겠구나!"

평범하고 사랑스럽던 한 소녀가
기구한 운명의 습격으로
무당이 되어야 했던 사연.
꿈에도 잊지 못했던 첫사랑 준하 오빠!
인생의 황혼기에 무당과 목사가 되어 다시 만나게 된,
애절하고 가슴 아픈 사랑이야기를 담았습니다.
그래도 완성케 하시는 섭리 속에 감사하며 이 글을 읽는 모든 분들에게 주인공 화자의 인생을 이끌어주었던 그 위대한 힘이 보여지기를 기원합니다.

2012년 9월,
여름의 끝자락을 잡고
이 미자

목 차

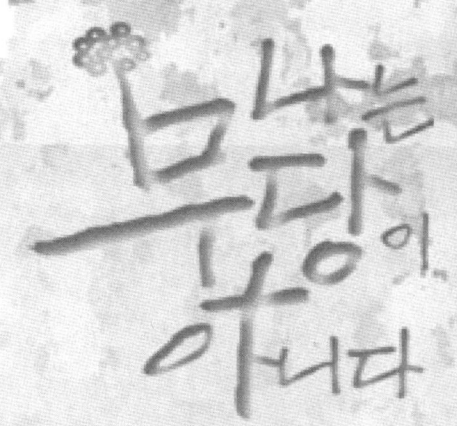

1. 그리움, 첫사랑의 그림자 ············· 11
2. 불행, 귀신의 장난 ··················· 29
3. 슬픔, 아버지의 죽음 ················· 41
4. 결혼, 널뛰기 꿈 ····················· 59
5. 해후, 비켜간 만남 ··················· 67
6. 미국, 새로운 인연 ··················· 73
7. 재회, 갈등의 시작 ··················· 95
8. 귀국, 또 다른 불씨 ·················· 107
9. 분노, 죽음을 부르는 분노 ············ 127
10. 두 마음, 무당이 되다 ··············· 147
11. 두 마음, 아이들이 선택한 길 ········ 165
12. 두 세계, 삶과 죽음의 갈림길 ········ 185
13. 인연, 삶의 끝자락을 잡고 ··········· 199
14. 마음, 만음(萬音)과 마음(魔音) ········ 219
15. 결혼, 무당 엄마와 목사 아들 ········ 227
16. 운명, 무당과 목사로 만난 첫사랑 ··· 245

그리움,
첫사랑의 그림자

준하 오빠 경사에 화자도 덩달아 신이 났다. 축하선물을 주려고 캐러멜 곽에 정성을 다하여 축하인사와 함께 리본을 접어 붙였다.

1965년 5월 아현동의 봄은 눈부시게 아름다웠다.

지천에 널린 봄꽃들은 저마다 당돌한 빛을 뽐내고 있었다.

화자의 나이 12살, 초등학교 5학년.

화자의 아버지는 화자가 꽃처럼 아름답게 살라는 뜻으로 꽃 화 (花)자에 아들 자(子) '화자' 라 이름 지어 주었다.

과연 화자는 한 눈에 보아도 호감이 가는 외모를 지녔다. 푸른빛이 돌도록 맑은 눈, 오똑 선 콧대, 배꽃처럼 하얀 이를 드러내고 웃을 때마다 옴폭 파인 보조개가 따라 웃곤 하였다.

화자의 부모님은 1.4 후퇴 때 황해도에서 피란 내려와 떡 장사, 좌판장사, 포목전 등 돈 되는 일이라면 안 해본 일이 없었다.

어린 4남매를 끌고 사글세방을 전전하다가 화자가 12살 되던 해 아현동 언덕배기에 판잣집을 장만했다.

비록 여기저기 얽어맨 판잣집이었지만 부모님은 방 한 칸을 예쁘게 꾸며주며 숙자 언니와 화자가 쓰도록 해주었다. 화자는 자기 집, 자기 방이 생겼다며 이 방 저 방을 뛰어다니며 환호성을 질렀다. 이제부터는 주인집 눈치를 안 봐도 된다는 생각에 고대광실이 부럽지 않았다.

그도 그럴 것이, 먼저 살던 주인집에는 아들 둘이 있었는데, 그 애들이 어찌나 개구지던지, 어린 화자를 괴롭히고 때리는 재미로 사는 애들이었다.

화자는 오빠들이 무서워 언니 뒤만 졸졸 따라다녔고, 숙자 언니는 울며 매달리는 화자 때문에 종종 학교에도 가지 못했다.

이런 사정을 부모님이 모르실 리가 있겠는가!

화자의 부모님은 자식들이 기를 펴고 살게 하려고 악착같이 돈을 모아 내 집 마련을 하셨고, 그 집은 화자에겐 피난처요 천국이었다.

아현동에 이사 온 후로 화자의 부모님은 쌀가게와 구멍가게를 같이 하셨는데, 정말 눈코 뜰 새 없이 장사가 잘되었다.

화자 아버지는 연신 쌀 배달을 하느라 쉴 틈이 없었고, 화자 엄마가 맡아보는 구멍가게는 물건이 없어서 못 팔정도로 불티가 났다.

장사도 잘되고, 가족들 모두 건강하고, 화자의 남동생들도 모두 말썽 없이 잘 자라주었다. 화자의 가정은 남부러울 것이 없는 화목한 가정이 되어갔다.

전쟁의 상흔일까? 그 시절 아현동에는 유난히 상이군인이 많았다. 목발을 짚고 동냥을 다니며 행패를 부리는 사람들도 많았고, 먹을 것을 구걸하는 동냥아치들도 많았다. 끼니때마다 화자의 집

마루에는 거지와 동냥아치들이 걸터앉아 밥을 먹곤 했다.

화자의 부모님이 인심이 좋다고 소문이 났던지, 화자네는 늘 재워달라는 사람, 옷을 달라는 사람, 돈을 달라는 사람들이 들랑거렸다.

그 탓에 도둑도 많이 맞고, 금붙이도 많이 잃어버렸다. 심지어는 외상으로 쌀과 부식을 달고 먹었던 사람들이 말없이 야반도주하는 경우도 있었다.

"가난이 죄지 사람이 무슨 죄가 있겠나!"

화자의 아버지는 오죽하면 그랬겠느냐며 한 번도 도망간 사람을 찾아내거나 욕하는 법이 없었다. 어려운 이웃을 불쌍히 여기는 마음에 하늘도 감동하셨을까?

장사가 잘 되면서 화자의 부모님은 땅도 사고 가게도 늘리며 알부자 소리를 듣게 되었다.

어린 시절 화자는 활달하고 적극적인 아이였다. 학교를 마치고 돌아오면 고생하는 엄마를 도와 드린다며 자전거에 쌀을 매달고 배달을 하곤 했다.

"우리 이쁜 딸이 도와주니까 엄마가 호강을 하네!"

화자는 엄마께 칭찬 듣는 재미로 기를 쓰고 페달을 밟으며 아현동 골목을 오르내렸다.

화자의 엄마는 정이 많고 손이 후덕한 여인이었다. 피란 내려와 굶기를 밥 먹듯 했던 시절을 잊지 못해 늘 굶는 사람들의 사정을 살펴주었다. 상품가치가 없는 싸라기 쌀로 떡을 해서 어려운 이웃과 나눠 먹곤 했다. 김장을 할 때면 산더미처럼 배추를 쌓아놓고 겨울채비를 못하는 이웃들 몫까지 김장을 해서 돌렸다.

화자는 이렇게 착한 엄마가 자랑스러웠다.

아현동 좁은 골목은 뛰어노는 아이들 소리로 언제나 시끌벅적했다. 아이들은 서로서로 별명을 부르며 놀았다. 서로 쪽지 편지를 써서 전하기도 하고 받기도 하고, 저마다 아름다운 추억들을 만들어 갔다.

그 중에 낙서의 묘미가 한 층 더했는데, 마을 옹벽이나 화장실 벽에 서로의 마음을 써놓곤 했었다.

✂ 소변금지! ✂

'짱구, 껍데기, 빈대떡, 오리 궁둥이, 두꺼비'

그 중에는 누가 누구를 좋아한다는 내용이 제일 많았는데, 그 중에 눈에 띄는 "지화자 바보!" 라는 낙서가 있었다.

화자는 범인을 잡겠다고 씩씩거리며 탐문수사(?)를 하고 다녀봤지만 결국 범인을 찾지 못하였다.

한 번 골목에 나온 아이들은 집 없는 애들처럼 노는 재미에 빠져 해가 넘어가도 들어갈 생각을 안했다.

아이들을 찾으러 나온 어른들까지 돗자리를 펴고 앉아 이야기 바람이 벌어지면 밤이 늦도록 웃음꽃이 피곤 했다.

그도 그럴 것이, 판잣집에 살면서 식구는 많지, 방은 작지, 선풍기도 TV도 없던 시절이다 보니, 부채 하나 들고 나와 자리를 깔 수밖에.

어른들은 남의 이야기에, 세상 돌아가는 이야기에, 누가 굶는 사람은 없는지 서로 걱정해주며 작은 것 하나라도 나누어 먹는 정이 넘치던 시절이었다.

1. 그리움, 첫사랑의 그림자

어른들이 아이들 놀이에 끼어들 때도 많았다.

제기 차는 법도 가르쳐주고, 닭싸움하는 법도 가르쳐주고, 그러다 아이들과 편을 먹고 게임을 할 때도 있었는데, 승부욕이 강한 어른들은 죽기 살기로 덤비다가 싸움판이 벌어지기도 했다.

개싸움이 애들 싸움되고, 애들 싸움이 어른싸움이 되고, 그러다가도 막걸리에 빈대떡 한 쪽씩 부쳐 먹으면 금세 허허 하며 풀어지곤 했다.

숨바꼭질할 때면 온 동네 아이들이 섞여 놀았는데, 화자는 준하 오빠를 쫓아다니며 숨었다.

준하 오빠는 화자의 손을 잡고 술래가 찾아낼 수 없는 기발한 공간을 찾아 숨고는 했다.

깜깜한 남의 집 토광에 숨어들어 행여나 소리라도 낼까 봐 손으로 화자의 입을 틀어막기도 했다.

그때 준하 오빠 손에서는 나팔꽃을 비볐을 때 나는 상큼한 풋내가 났다. 그 때 준하 오빠의 숨소리는 어찌나 듣기 좋던지!

그러다 결국 술래에게 잡히면 둘이서 손을 맞잡고 깔깔대며 웃었다. 준하 오빠가 호탕하게 웃어주면, 화자의 세상은 온통 환희로 채워졌다.

하루는 화자가 배달을 하고 돌아오는데 들판에서 엎치락뒤치락 야단이 났다.

'저게 누구야?' 가까이 가보니 준하 오빠와 윤식 오빠가 치고받고 싸우는 게 아닌가!

화자는 윤식 오빠를 밀쳐내며 소리를 질러댔다.

"왜 때려! 왜 준하 오빠를 때리는 거야!"

그렇게 멋져 보였던 두 오빠가 싸우는 것을 보며 화자는 속으로 중얼거렸다.

'남자들도 계집애들처럼 삐지고 싸우나?'

화자는 준하 오빠를 일으켜 세워 놓고 얼굴에 묻은 피를 닦아주었다.

입술이 터져 피가 나는 준하 오빠가 가여워 안아 주며 묻는다.

"오빠, 괜찮아?"

그리곤 윤식 오빠를 째려보며 소리를 질렀다.

"친구를 때리다니! 윤식 오빠는 비겁해! 나빠!"

자기 편을 들어주는 화자를 보며 어린 준하의 마음에 따뜻함이 고여 든다.

"준하 오빠, 집에 가서 얼른 약 바르자"

화자는 준하를 부축하여 자전거에 태우는데, 이 광경을 본 윤식이 어이없다는 듯이 고래고래 소리를 질러댄다.

"야 임마! 네가 아무리 우겨도 네 엄마는 기생이야! 이 기생새끼야! 너, 앞으로 1등 했다고 까불지 마!"

항상 준하에게 1등을 빼앗겨 온 윤식은 준하를 미워하는 듯 했다.

질투와 울분으로 부르짖는 윤식을 뒤로하고 페달을 밟으며 화자가 말한다.

"오빠! 아무 소리도 듣지 마, 윤식 오빠 진짜 미워!" 윤식 오빠를 욕하며 씩씩거리는 사이 준하 집에 도착했다.

화자는 황급히 준하를 내려주고 집으로 가려하는데, 준하 엄마가

1. 그리움, 첫사랑의 그림자

쓰러져 가는 판잣집에서 등을 구부리며 나오시는데 그날따라 어찌나 아름답게 보이던지!

순간 화자의 정신이 멍해졌다.

'히야! 준하 오빠네 엄마는 진짜 예쁘다! 이 판잣집하고는 너무 안 어울린다……'

미인이 박복하다는 말이 바로 준하 오빠네 엄마를 두고 하는 말인가 보다……

긴 머리를 높이 틀어 올린 모습을 보며 화자는 속으로 중얼 거린다.

'야! 진짜 멋지다! 나도 크면 저렇게 하고 다녀야지!'

어린 마음에 화자는 자기 엄마가 세상에서 제일 예쁜 줄 알았는데, 준하 오빠네 엄마는 정말 선녀처럼 예뻤다. 화자가 넋을 놓고 쳐다보는데, 기품 있어 보이는 외모와는 달리 준하 엄마가 큰 소리로 넋두리를 한다.

"아이고! 우리 대통령이 어쩐 일이다니! 어떤 놈의 새끼가 내 강아지를 이랬어?"

"영하야! 영하야! 얼른 형한테 아까징끼 좀 발라줘라!"

곱디고운 얼굴에서 숨 가쁜 외침이 계속 되더니, 이내 잔뜩 술에 취한 목소리로 화자를 향해 말을 건다.

"아이고! 네가 우리 준하를 데리고 왔냐? 고맙다, 응, 이리 와서 떡 좀 먹고 가라!"

아마도 준하 엄마는 환갑집에 가서 소리가락을 불러주고 잔치음식을 얻어온 모양이다. 준하의 동생들이 방에서 음식을 먹다가 엄마의 외마디 소리를 듣고 황급히 나온다. 그리곤 준하를 부축하여 방에 눕히고 소독약을 발라주느라 분주하다.

머쓱해진 화자가 돌아서 나오려는데, 화자 친구 인숙이가 쑥스러운 낯 빛으로 인사를 한다.

"고마워 화자야, 우리 오빠를 데려다 줘서"

"아니, 뭐 …… 저어 …… 나 갈게"

화자는 황급히 뛰어 나오며 웅얼거린다.

'히야! 저 좁은 방에서 온 식구가 자는구나 …….'

애써 태연한 척 해보려 해도 마음 한 쪽이 아리고 아파온다. 이건 뭐지? 너무나 아름다운 준하 엄마의 모습이 자꾸만 눈에 밟힌다. 화자는 어린 마음에도 준하 엄마의 마음을 이해할 수 있을 것 같았다.

'준하 오빠네 아버지는 다른 여자랑 바람이 나서 집을 나갔다던데, 남편도 없는 살림에 자식들 먹여 살리기가 너무 힘이 들어서 술을 드셨나보다…….'

화자는 이런 생각이 들자 윤식 오빠가 더 괘씸하고 미운 마음이 든다.

"윤식 오빠와 이제 말도 안할 거야! 비겁하게 남의 약점을 말하다니!"

"누구든 준하 오빠 괴롭히는 사람은 가만 안 둘 거야!"

그러고 보니 어려운 환경 속에서도 꿋꿋하게 살며 공부도 잘하는 준하 오빠가 최고로 멋져 보인다.

그 날 이후로 화자는 당돌하게도 준하 오빠의 집을 기웃거리기 시작했다. 인숙을 만나러 가는 듯 핑계를 대며 실은 준하 오빠를 보러가곤 했다. 그런데 이런 마음은 화자 혼자만의 감정은 아닌 듯 했다. 준하 오빠도 늘 당당하고 인정 많은 화자를 좋아했던지 화자가 오면 반겨주는 눈치다.

가난이 자신들의 죄가 아니련만, 늘 주눅이 들어 보이던 인숙이도 화자가 오면 부쩍 반겨준다.

준하네는 끼니꺼리가 떨어지면 술지게미를 먹는 모양이었다. 가끔 준하 오빠와 인숙이가 얼굴이 벌개져서 학교에 오곤 했는데, 옆에서 있으면 시큼한 막걸리 냄새가 났다.

그 때만 해도 굶어죽는 사람이 많았던 시절인지라 어린 화자는 걱정이 태산만 같다.

'어떻게 해야 준하 오빠네를 도울 수 있을까?'

화자는 인숙이가 친구라는 사실을 핑계 삼아 기회가 있을 때마다 인숙에게 먹을 것을 가져다주었다.

엄마가 싸라기 쌀로 떡을 할 때마다 특별히 부탁드려 인숙이네는 특히 더 많이 나눠주곤 했다.

화자네가 김장을 할 때면 준하에게 도움을 청하여 배추도 나르고 양념도 나르고, 잔심부름을 해준 후 정정당당하게 김치를 가져가게 했다.

떡이며 김치며 풍성하게 받아들고 기뻐하는 준하 오빠를 보는 것이 어린 화자 마음에 왜 그리도 뿌듯하던지! 이렇게 음으로 양으로 준하 오빠를 돕는 것이 화자의 일상이 되어가고 있었다.

'이런 것이 사랑일까?'

준하 오빠만 생각하면 얼굴이 붉어지는 것을 느끼며, 화자는 내가 어린 나이에 별 생각을 다 한다고 도리질을 친다.

화자는 솜씨 좋게도 노릇노릇 가래떡을 잘도 구웠다. 연탄불 위에 석쇠를 얹어놓고, 아래위로 뒤집어 가며 가래떡을 구워 조청에 찍어 먹던 그 맛이란!

사실 화자는 군고구마도 잘 구웠다. 노란 김이 모락모락 나는 뜨거운 군고구마를 후후 불어가며 먹는 맛이란, 얼굴에 숯검정을 칠해가며 서로서로 손가락질을 하며 깔깔댔던 그 맛을 어찌 잊을 수가 있겠는가!

사실 화자가 이렇게 먹을거리에 관심이 많아진 것은 모두 준하 오빠에게 먹이고 싶은 마음 때문이었다.

하루는 화자의 아버지가 오징어를 잔뜩 사오셨다.

'여기다 고추장을 발라서 구우면 맛있겠다!'

'이걸 쭉쭉 찢어서 준하 오빠 입에 넣어주면, 헉! 오빠가 얼마나 맛있게 먹을까?'

화자는 준하 오빠 먹일 생각에 지글지글 화덕에 오징어를 구워댔다.

화자네 부엌은 밖에서도 훤히 들여다보이는 미닫이문이 달려 있었다. 그러고 보니 유독 화자와 준하 오빠와 인숙이는 화자네 부엌에서 노는 일이 많았다. 준하 오빠는 처음엔 부엌에 들어오기를 쑥스러워 했지만, 곧 셋이서 노는 게 익숙해졌고, 화자네 부엌 한 쪽은 이제 셋만의 아지트가 되었다.

셋이 모이면 화자는 언제나 찬장에 있는 맛있는 반찬을 모두 꺼내 준하에게 밥상을 차려주었다. 배고픈 오빠, 아니 좋아하는 오빠에게 맛있는 음식을 주는 기쁨이란 대단한 희열이었다.

줘도, 줘도 주고 싶은 것이 사랑일까!

설날이 오기 전 화자 엄마가 저고리 깃에 목단 꽃이 수놓아진 예쁜 한복을 맞춰주셨다. 화자가 보기에도 선녀들이나 입는 옷처럼 화려하고 예뻤다. 한복 입은 예쁜 모습을 준하 오빠에게 보여주고 싶어 수십 번도 더 거울을 보며 들락거렸지만 도통 준하 오빠가 보이지를 않았다.

다음 날도, 그 다음 날도……

화자는 매일 한복을 입고 지냈다.

화자 엄마는 영문도 모르고 우리 화자가 한복을 너무 좋아한다며 "그러다 한복이 다 닳겠다."고 놀리셨다.

인숙을 볼 때마다 왜 준하 오빠가 보이지 않느냐고 묻고 싶었지만 차마 그 말을 입 밖에 낼 수가 없었다.

활달한 화자 성격에 수줍음이 생긴 걸까?

아님, 준하 오빠 좋아하는 마음을 들킬까 숨긴 걸까?

준하 오빠를 보지 못해 애를 태우며 며칠이 지났을까?

준하 오빠가 얼굴이 반쪽이 되어 나타났다.

감기로 많이 아팠다고 했다.

화자는 준하 오빠에게 한복 입은 모습을 보여주려고 "오빠, 여기서 잠깐만 기다려" 말하고 황급히 뛰어 들어갔다.

화자가 한복을 곱게 차려입고 나타나자 준하의 눈이 왕방울만해진다.

"와! 예쁘다!"

화자가 기다렸다는 듯이 한 바퀴를 돌며

"내 한복 예쁘지?" 하고 묻자 옆에 있던 영식 오빠가 퉁명하게

"쳇!" 한다.
 그러자 준하가 얼른 화자에게 한 마디 더해 준다.
 "화자야, 너는 진짜 한복이 잘 어울린다."
 '아! 역시 준하 오빠는 똑똑한 센스 쟁이!'
 화자는 속으로 감탄한다.
 준하 오빠의 칭찬에 들떠, 화자는 한복을 입은 채 뛰어 놀기 바빴다. 그리곤 잠자리에 누워서야 호된 감기로 지쳤을 준하 오빠 생각에 가슴이 아팠다.
 준하 오빠 칭찬에 신이 난 화자는 다음날도 한복을 입고 놀았다.
 거추장스럽기만 한 한복을 입고 동네 오빠들과 어울려 말뚝 박기를 하고, 술래잡기를 하는데, 준하 오빠는 정말 머리가 좋은 것 같다.
 뜀뛰기도 잘하고, 제기도 잘 차고, 구슬치기도 잘했다.
 많은 아이들이 준하 오빠에게 도전을 했지만 한 번도 이기는 걸 보지 못했다.
 레슬링이 최고 인기 종목이었던 시절, 유일하게 화자네 집에만 TV가 있었다.
 네발 달린 밤색 틀에 미닫이문이 있는 TV를 마루 한 복판에 꺼내 놓으면 화자네 집 마당은 극장이 되었다. 온 동네 사람들이 레슬링을 보러 오고, 드라마를 보러 왔다. 아는 사람이 흉잡아 낸다고 자주 오다보니 화자네 집 속사정을 온 동네가 알게 되었다.
 화자 아버지가 유독 화자에게만 잘해주는 걸 보고 어떤 친구는 자기 집에 가서 "왜 우리 아버지는 화자 아버지처럼 나를 안 예뻐하느냐?" 울고불고 따졌단다.

친구의 엄마가 화자 아버지를 찾아와 우리 애들 보는 앞에서 너무 눈에 띠게 화자를 예뻐하지 말아달라고 부탁하는 일까지 벌어졌다.

하긴 그런 지적은 밤낮 화자 엄마에게서도 받는 지적이었다.

화자의 아버지는 누가 그러거나 말거나 다 큰 화자를 업고 다녔고, 늘 무릎에 앉혀놓고 편애를 하였다. 사람들이 수근 댈수록 화자와 아버지는 더 재미있어 했다.

숙자 언니와 두 동생은 무참히 무시된 채 말이다.

아버지가 화자의 손을 잡고 나서면 인사받기 바빴다.

"따님이 어쩜 이렇게 인형처럼 예뻐요?"

"아유! 넌 정말 피부가 우유 빛이 난다!"

화자의 볼을 꼬집어 주는 사람, 머리를 쓰다듬어 주는 사람, 아버지는 이 맛에 늘 화자를 대동하고 다녔다.

찬바람이 불기 시작하면서 6학년 오빠들이 골목에 나오지 않더니 온 동네가 새하얀 눈으로 덮인 어느 날, 아현동이 들썩거리도록 경사가 났다. 6학년 오빠들이 중학교 입학시험을 치렀는데, 준하 오빠가 그렇게 문턱이 높다는 경기중학교에 합격한 것이다. 화자 아버지도 이 소식을 듣고 놀라움을 감추지 못하셨다.

"허허, 개천에서 용 난다더니, 준하가 제법이로구나!"

화자 아버지는 그 길로 쌀 한가마니를 실려 준하 오빠 집에 보내주었다. 그리고 비실거리는 두 아들을 보며 혀를 끌끌 차셨다.

"화자야, 우리 똑똑한 화자는 아버지 기대를 저버리지 않을 거지?"

아버지는 내심 화자에게 기대를 거시는 눈치다.

준하 오빠 경사에 화자도 덩달아 신이 났다. 축하 선물을 주려고 캐러멜 곽에 정성을 다하여 축하 인사와 함께 리본을 접어 붙였다.

"축! 합격!"

준하네 집 앞을 서성거리다가 오빠에게 캐러멜을 전해주자 준하 오빠의 얼굴이 해처럼 환하게 빛난다.

준하네 경사 이후로 아버지는 부쩍 더 화자를 데리고 다녔다.

일부러 화자만 데리고 남대문 시장에 나가 예쁜 원피스도 사주고, 리본 달린 구두며 머리띠까지 사주었다. 화자는 본의 아니게 언니와 두 남동생들에게 미움을 샀고, 용돈도 화자에게만 주어서 중간에 화자 엄마가 많이 곤란해 하였다.

오직 큰 아들에게만 모든 걸 대물림하던 그 시절, 아버지의 딸 사랑은 이변 중의 이변이 아닐 수 없었다. 결국 "화자는 아무래도 화자 아버지가 어디서 데리고 들어온 딸인가 보다." 라는 헛소문이 돌기 시작했다. 비록 어린 나이었지만 똑똑하고 총명했던 화자는 아버지의 편애가 언니와 동생들에게 상처를 주고 있다는 걸 깨닫기 시작했다.

워낙 아버지의 사랑이 유별하고 각별해서 형제들 속에서 무안한 경우도 많았다.

숙자 언니나 동생들과 간혹 다투면 아버지는 선후사정도 들어보지 않고 무조건 화자 편만 들었기 때문이다. 그럴수록 언니와 동생들은 아버지에게서 멀어져 갔고 어머니는 항상 그런 아버지를 불안한 낯 빛으로 바라보셨다.

많지 않은 가족들이 하나로 화합하지 못하는 것을 안타까워 하셨다.

숙자 언니와 화자는 4살 차이가 났다.

숙자 언니는 화자가 아버지 빽만 믿고 늘 자기에게 맞먹는다고 불평을 하기도 했지만, 둘이 마음이 맞을 때면 밤을 새며 소곤거리곤 했다.

숙자 언니는 아버지를 무척이나 싫어했다.

아니 무서워서 피해 다녔다는 말이 맞을 것이다.

아버지는 숙자 언니와 눈만 마주치면 공부 안하고 뭐하냐고 닦달을 하셨고, 심지어는 매를 들기도 하셨다. 어린 화자의 눈에도 우리 아버지가 아는 거라고는 자식들 공부 잘하는 것뿐인가 싶을 정도다.

아버지에게 매를 맞은 날이면 언니는 화자를 끌어안고 울었다.

"빨리 이집에서 벗어나 독립할 거야. 아버지 없는 곳으로 나가서 살 거야!"

숙자 언니는 이 집에서 나가는 것만이 인생의 돌파구라고 생각하는 듯 했다. 숙자 언니는 입버릇처럼 자기는 나중에 커서 미스코리아가 될 거라고 했다.

하루는 부모님 몰래 수영복을 사왔다. 그리곤 홀랑 벗은 것 같은 민망스런 옷을 입고 화자에게 망을 보게 했다.

"화자야, 나 어때? 예쁘지?"

어린 화자의 눈에도 숙자 언니의 몸은 근사했다.

언니는 수영복을 입고 걷는 연습을 한다며 허리에 손을 얹은 채 방안을 왔다 갔다 한다.

"나 어때? 예쁘지? 멋있지?"

화자는 그럴 때마다 퉁명스럽게 쏘아붙이곤 했다.

"걸을 때 엉덩이를 너무 흔들잖아!"

어느 날 화자가 잠을 자는데, 준하 오빠가 슬픈 표정으로 한참을 그렇게 서서 화자를 바라보더니 등을 돌리고 돌아서 가는 게 아닌가!

'어디 먼 길을 떠나는 걸까?'

화자가 안타까워 오빠의 손을 잡아 흔들며 운다.

"안 돼 오빠, 가지마! 가면 안 돼 오빠!"

그 때 난데없는 숙자언니의 소리에 잠이 깨었다.

"얘가 왜 남의 손을 잡아 빼고 난리야!"

깜짝 놀라 깨어보니 꿈이다.

언니는 도로 잠이 들었으나 화자는 불길한 생각에 잠을 이룰 수가 없었다.

준하 오빠가 경기중학교에 합격하자 화자네 뿐만 아니라 온 동네가 준하네를 부러워했다. 애꿎은 아이들만 공부하라고 닦달을 당했다.

화자의 아버지가 준하를 부러워하며 야단치는 것은 사실 아버지식의 사랑표현이었다. 그러나 결과는 그렇지 못했다.

동생들은 그때마다 아버지에 대한 분노와 미움으로 힘들어 했고, 급기야 아버지에게 대들기까지 했다.

아버지는 그런 아들들에게 실망을 해 매일같이 술집을 들랑거리며 마음을 잡지 못했다.

어린 눈치에도 아버지에게 여자가 생긴 것 같아 보였고, 장사가 잘되고 돈이 많아지면서 화자 아버지는 대놓고 방탕한 생활을 했다.

어느 날, 엄마의 심부름으로 아버지를 찾으러 다니다가 외진 선술집에서 준하 엄마와 윤석 아버지가 함께 있는 것을 목격하게 되었다.

준하 엄마와 윤석 아버지는 술상을 앞에 놓고 무언가 심각한 이야기를 하는 듯 했다. 간간 준하 엄마는 흐느껴 울었고, 윤석 아버지는 연신 담배를 피워 물며 한숨을 뱉고 있었다.

'이 외진 술집에서 왜 준하 엄마는 울고 있는 걸까? 윤석 아버지는 왜 저렇게 심각하지?'

화자는 못 볼 것을 보기라도 한 듯 헐레벌떡 집으로 뛰어왔다. 어린 마음에도 어른들의 하는 일이 불안하고 불길했다.

'우리 아버지는 매일 어디를 그렇게 다니시는 걸까?'

화자는 늘 준하 오빠와 결혼하여 행복하게 사는 꿈을 꾸곤 했는데, 어른들 사는 걸 보니, 결혼생활이 마냥 행복한 것 같지는 않아 보였다.

그 일후 얼마 안 되어 준하 오빠가 이사를 갔다.

소문에 의하면 윤석 아버지와의 관계가 들통이 난 모양이다. 현장을 목격했던 화자는 자기가 공범이라도 된 듯 조마조마했다.

준하 오빠도 걱정이 되었고, 인숙이도 걱정이 되었고, 가녀리고 예뻐 보이던 준하 엄마도 걱정이 되었다.

2

불행, 귀신의 장난

뭔가 으스스한 바람이 부는 것도 같았고, 오싹 오싹 냉기가 느껴지기도 했다. 그 정체를 정확히 보지는 못했지만 어른들 말처럼 귀신이 등 뒤에 서 있는 것처럼 무섭기 짝이 없다.

아버지의 잦은 외출로 엄마는 매일 아침 눈이 퉁퉁 부어 일어나셨고, 허무한 생각이 드시는 지 거의 매일을 동네 아줌마들과 막걸리를 마셔댔다.

아버지가 방황하니까 엄마도 방황하셨다.

'우리 집이 어떻게 되려고 이러는가?'

아버지 따로, 엄마 따로, 숙자 언니 따로, 동생들 따로, 온 식구의 마음이 제각각 분리된 것만 같았다.

뭔지 모르는 두려움과 불안한 기운이 감지된다.

뭔가 으스스한 바람이 부는 것도 같았고, 오싹 오싹 냉기가 느껴지기도 했다.

그 정체를 정확히 보지는 못했지만 어른들 말처럼 귀신이 등 뒤에 서 있는 것처럼 무섭기 짝이 없다.

하루는 화자 엄마가 통장님 댁에 가서 아버지를 모셔 오라셨다.

통장님 댁에 가서 "아버지, 엄마가 점심 잡수시래요." 하고 부르니 통장님이 나오시며

"네 아버진 저 방에 있다." 라며 턱으로 가리킨다.

아무생각 없이 방문을 열어보니 이게 웬일인가!

아버지가 술집 아줌마로 아는 분의 무릎을 베고 누워 있는 게 아닌가!

화자는 너무 놀라 멍하니 서 있었다.

'어? 왜 우리 아버지가 저 아줌마 무릎을 베고 웃고 있는 거야?'

느닷없는 방문에 화자의 아버지도 술집 여자도 놀라서 화자를 쳐다보기만 한다.

순간, 화자는 술집 여자의 눈 속에서 아주 소름이 끼치도록 사악한 눈빛을 보았다.

그건 분명 사람이 아닌 귀신의 눈빛이었다. 화자는 여자의 눈에 겹쳐진 귀신을 어이없이 바라보고 있었다. 귀신이라고 다 무서운 것은 아닌가 보다.

하긴 귀신들은 더 아름답고, 더 처량하고, 곱디고운 모습으로 둔갑하고 나타난다니까!

화자의 아버지는 술집 여자에게 흠뻑 빠져 보였다.

벌이 꿀을 빨 때, 그 단맛에 미쳐 제 몸뚱이의 반 토막이 끊어져 나가도 모르듯!

어린 화자의 마음이 너무나 혼란스럽다.

"아버지, 엄마가 점심 드시래요."

정신 차린 화자가 반사적으로 뛰쳐나온다.

화자가 말 안 한다고 비밀이 얼마나 가겠는가!

그 후로 아버지는 여자 문제 때문에 엄마와 심하게 다투곤 했다.

화자네 모든 식구들은 아버지에게 실망했고, 한번 미친 아버지는 어떤 거짓말을 해서라도 다른 여자들의 품에 들어가려고 수단방법을 가리지 않았다.

화자는 이 상황이 도무지 이해되지 않았다.

동네 아저씨가 바람피울 때, 그렇게 흉을 보시던 아버지가 아닌가!

'흉을 볼 때 귀신이 들어갔나 보다!'

정말 우리는 흔히 보지 않았던가! 흉본 일들이 내게 닥치는 것을, 내가 아니면 자식에게라도 닥치는 것을,

그렇게 "우리 화자, 우리 화자,"하던 아버지는 혼이 나간 사람처럼 집에 있으려고 하지를 않았다,

춤을 배운다고 카바레로 출근을 하고, 숫제 자식들과 눈도 맞추질 않았다. 생명보다 더 귀하게 애지중지하던 화자 조차 거들떠보지도 않는다. 화자 눈에, 아버지는 제 정신이 아니다.

'인생이 허무해졌을까?'

'자식들에 대한 실망 때문일까?'

'막상 돈을 벌어 보니 별거 아니라고 느끼셨을까?'

귀신은 정말 교묘하게도 우리의 감정을 타고 들어와 마치 '나'인 것처럼 내 감정을 잡고 휘두르며 합리화 시키고, 명분을 만들어주며 우리를 타락하게 만든다.

정말 귀신은 귀신 같이 우리를 잘 알아서, 우리가 틈만 내주면 우리 마음의 땅을 차지하고 횡포를 부린다.

갑자기 찾아든 부모님의 불행,

어린 화자의 눈에도 이건 분명 귀신의 장난이라는 걸 알 수 있었다. 그런데 부모님께 뭐라 설명을 해드릴 수가 없다. 그저 안타까운 마음뿐이다.

그렇게 야무지고 생활력 강하던 화자 엄마도 결국 남편의 외도 앞에 처절하게 무너지고 있었다.

여자로서의 존재 박탈감, 아내 자리를 빼앗긴 느낌, 철저한 배신감과 분노로 엄마는 매일 절망하고 있었다.

귀신은 엄마의 이런 분노하는 감정을 치고 들어와 더 철저히 무너지도록 끌고 다니는 듯 했다.

화자 엄마는 하루도 맨 정신으로는 살 수 없다는 듯, 매일 매일을 술을 마셨고, 급기야 시름시름 앓아눕고 말았다.

화자에게는 고모님이 한 분 계셨다.

화자 고모는 유난히 하얀 피부를 가진 인자하신 분이었다. 고모는 편물가게를 차려 놓고 스웨터를 짜서 돈을 벌고 있었는데, 그 당시 편물기계로 짠 스웨터는 대단한 인기 품목이었다.

솜씨 좋기로 소문이 났는지 고모네 가게는 늘 주문이 밀려서 눈코 뜰 새 없이 바쁘셨는데 그 덕에 돈도 많이 벌었다고 했다.

아현동 골목에 물방울 다이아반지를 가진 사람은 아마 화자네 고모 한 사람뿐이지 싶다.

그 때만 해도 암이란 병이 흔치 않았던 때인데 그만 화자 고모가 췌장암에 걸리셨다.

한창 돈도 모으고 집도 장만하고 돈 버는 재미, 살림 늘리는 재미가 쏠쏠하던 때에 그만 췌장암 선고를 받았다는 소식에 화자의 엄마 아버지는 매일 매일 고모를 모시고 병원에 다니며 울기도 많이 우셨다.

화자 고모의 비보를 듣고 아현동 골목이 슬픔에 잠겨 있었건만, 철딱서니 없는 고모부는 고모의 제일 친한 친구와 바람이 났다.

여자에 미친 고모부는 병석에 누워 죽을 날을 기다리는 고모의 다이아반지를 뺏어다가 그 여자에게 끼워주었다.

어느 날 화자가 부모님을 따라 고모를 찾아 갔는데, 한 맺힌 고모의 얼굴을 보는 순간 "어이쿠!" 소리를 내며 뒤로 물러서고 말았다.

고모의 얼굴에서 아주 섬뜩한 것이 스쳐가는 것을 보았다. 고모의 눈빛은 분명 고모가 아닌 귀신이 고모의 눈을 빌려 고모부를 째려보는 거였다.

귀신은 분노하는 마음을 타고 들어가는 모양이다.

그것도 모른 채 고모부는 계속 고모를 들볶으며

"어디 숨겨 놓은 돈은 없느냐?"

"빌려 주고 못 받은 돈은 없느냐?" 채근하고 있었다.

화자 고모의 눈 속에서 귀신의 눈이 째려보고 있었지만, 정작 고모의 눈은 눈물을 흘리고 있었다.

아마도 두 마음이 한꺼번에 움직였던 모양이다.

그리고 며칠 뒤 화자의 고모가 돌아가셨다.

우연히 고모가 막 임종한 자리에 화자가 있었다.

화자의 고모부는 고모의 시신을 앞에 두고도 슬퍼하기는커녕 고모의 친구였던 그녀와 손을 잡고 볼을 부비며 애정행각을 벌여댔다.
 "우리 어디다 방을 얻을까?"
 "우리 아기는 몇이나 낳을까?"
 두 사람은 마냥 행복한 표정으로 고모의 죽음을 무시하고 있었다.
 물론 그 방에는 아무도 없었다. 화자는 있어봐야 어린 아이였으니까.
 '사람은 숨이 떨어져도 9시간 동안 귀가 들린다던데!'
 어린 화자의 생각에도 고모부가 해도 너무 한다는 생각이 들었다.
 고모가 너무 불쌍하다는 생각을 하며 고모를 바라보는데, 그 때다! 며칠 전에 보았던 그 귀신의 눈이 그들을 노려보는 것이 보였다.
 분명 흰 천으로 덮여 있는데, 그런데도 화자의 눈에는 며칠 전 보았던 그 귀신의 째려보는 눈이 확실하게 보였다.
 '그들에게는 안 보이는 걸까?'
 저렇게 아랑곳하지 않고 애정행각을 벌이는 걸로 봐선 안 보이는 게 분명했다.
 그러나 낮말은 새가 듣고 밤말은 쥐가 듣는다고 하지 않았던가!
 화자의 고모부가 화자 고모의 가장 친한 친구와 바람이 났다는 소문이 온 동네에 돌았다.
 그제야 어린 화자는 고모가 돌아가시던 날의 상황들을 이해하게 되었고, 고모부가 해도 너무 한 거라 욕하고 있었다.
 그런데 이게 웬일인가!
 고모가 돌아가시고 한 달 만에 고모부와 그 여자가 연탄가스에

중독되어 줄초상이 났다는 거다.

'그렇게 영원히 행복하게 살 것처럼 야단이더니……'

입 달린 사람들은 모두 화자의 고모부와 그 여자를 대놓고 흉보았다.

"저 죽을 줄은 모르고 죽어가는 마누라를 그렇게나 가슴 아프게 해서 보내더니!"

"둘이 한 날 한 시 죽는 걸 보니 예삿일은 아니네, 하나님이 벌을 준 모양이지!"

"그럼 안 그렇겠나? 하나님이 없다고 못하겠네 그려!"

동네 사람들은 죄 값을 치른 것이라고 혀를 차며 웅성거렸다.

"하나님은 분명히 우리들이 사는 모습을 지켜보고 계신가보다!"

아현동은 순식간에 폭탄을 맞은 것처럼 충격에 빠져 있었다.

이 사건을 계기로 동네사람들이 하나 둘씩 교회에 나가기 시작했다.

제정신이 아닌 것처럼 돌변했던 화자의 아버지는 고모의 죽음을 너무나 슬퍼했다. 식음을 전폐했다는 소문이 났을 정도다.

"남편이 죽으면 어찌 살지 한심해서 울지만, 형제가 죽으면 배를 쥐어뜯으며 운다더니 화자 아버지가 그렇군 그래 쯧! 쯧! 쯧!"

그렇게 슬퍼도 세월은 흘렀다.

화자는 뜻밖의 큰일을 겪으면서 왜 자기 눈에는 이런 귀신의 정체가 보이는 것일까 궁금해지기 시작했다. 어느 날 준하 오빠가 인사 한 마디 없이 이사를 가버리고 난 후 준하 오빠를 꿈에서 만나는 날이면 남몰래 눈물을 훔쳤다.

'그 때 준하 오빠가 꿈에 나타나 멀리 떠날 것을 암시해 주더니,

내 꿈은 왜 이렇게 정확히 맞는 거지?'

'도대체 꿈이 뭘까?'

그날 밤 화자는 잠자리에 들기 전에 막연하나마 하나님께 기도를 해보았다.

"하나님, 준하 오빠가 너무 보고 싶어요. 꿈에라도 만나게 해주세요."

그래서였을까?

화자는 자주 자주 꿈속에서 준하 오빠를 만났다.

생시와 똑같이 준하 오빠와 아현동 골목을 누비며 뛰어놀았다. 화자는 그런 꿈을 꿀 때마다, 어림없는 일인 줄 알면서도 준하 오빠가 살던 집을 기웃거리며 행여나 준하 오빠가 나타나지 않을까 서성대곤 했다.

그 해 겨울 화자는 고열에 시달려 헛소리를 해가며 감기몸살을 앓았다. 본래 화자는 추위를 잘 안타는 건강한 아이였는데, 여러 가지 충격적인 일들을 겪으면서 심신이 약해졌던 모양이다.

첫사랑의 열병을 혹독하게 치르며 화자는 어느새 중학교 2학년이 되었다.

한 치 앞도 가늠키 어려울 만큼 폭설이 쏟아지고 있었다. 코트 깃을 여미며 화자는 아쉬워한다.

'이렇게 소담진 눈을 준하 오빠와 같이 맞을 수 있다면 얼마나 좋을까?'

집에 돌아와 교복을 채 벗기도 전에 동네 꼬마가 화자를 찾는다.

"화자 누나, 준하 형이 잠깐만 나와 보래요."

준하 오빠는 그렇게 꿈에 본 듯 나타나 화자의 손에 노트 두 권을 들려주고는 쏜살같이 사라졌다.

"준하 오빠!"

그동안 어떻게 지냈느냐, 어디서 사느냐, 인숙이는 잘 있느냐 물어볼 겨를조차 없었다.

뭐에 홀리기라도 한 듯 화자는 콩닥거리는 가슴을 쓸어내리며 준하 오빠가 사라져간 골목길을 바라보고 있었다.

'뭐가 그리도 급한 거야……'

노트 속에는 뜻밖에도 '이 화자'란 이름만 빼곡하게 씌어 있었다.

앞장에도 온통 이 화자, 이 화자, 이 화자, 이 화자 … .

뒷장에도 온통 이 화자, 이 화자, 이 화자, 이 화자 … .

그리고 맨 뒷장에 이렇게 적혀 있었다.

"화자야, '지화자 바보'란 낙서 내가 했어, 네가 내 마음을 너무 모르는 것 같아서"

준하 오빠의 사랑 고백에 화자의 몸은 새털이 되어 하늘을 나는 것만 같았다.

여전히 준하 오빠네는 소식을 들을 수가 없었다.

'도대체 어디서 무엇을 하며 사는 걸까?'

준하 오빠가 생각날 때마다 화자는 노트를 보는 것이 일상이 되어버렸다. 혹시라도 귀에 들어가면 소식을 들을 수 있을까 하여 일부러 친구들을 찾아다니며 준하 오빠 이야기를 해보았지만 단 한 번도 준하 오빠를 보았다는 사람을 만나보지 못했다.

아무리 잡으려고 애를 써도, 손에 잡히지 않는 날아간 풍선처럼,

준하 오빠는 그렇게 화자의 가슴 속에서 두둥 두둥 떠다니고 있었다.

　마치 실감나게 보던 영화의 끝 장면을 놓친 것처럼, 화자는 늘 준하 오빠가 궁금하고 보고만 싶었다.

　까까머리 중학교 3학년생, 준하 오빠는 그렇게 화자의 기억 속에 고착되어 버렸다.

3

슬픔,
아버지의 죽음

부모님이 돌아가시면 못해드린
것만 생각난다더니 정말 그랬다.

화자가 고등학교를 졸업할 무렵 화자의 아버지가 급작스런 심장마비로 돌아가셨다.

술과 여자로 인생을 탕진하던 아버지는 급기야 몸이 망가지셨고, 큰돈을 만져보겠다는 욕심이 도가 넘어 전 재산을 날려버렸다.

어느 날 뜬금없이 집장사를 하겠다며 무리하게 땅을 사서 집을 짓다가, 결국 은행 대출금을 갚지 못하여 전 재산이 은행으로 넘어갔던 것이다. 홧병인지, 부아 병인지, 아버지는 거짓말처럼 하루아침에 허무하게 꺾이고 말았다.

욕심으로 돌아가신 내 아버지, 욕망을 다스리지 못해 돌아가신 내 아버지…….

화자는 아버지의 허무한 인생이 불쌍해서 울고, 이제 영원히 볼 수 없다는 사실이 서러워 울고, 앞으로 미래가 불안해서 울고, 그렇게 목놓아 울고 또 울었다.

　재산 많이 남기고 죽으면 자식들끼리 싸움만 붙인다던데, 이제 아무것도 안 남은 우리 형제들은 화목하게 살 수 있으려나?
　숙자 언니와 동생들도 대성통곡을 하였다. 부모님이 돌아가시면 못해드린 것만 생각난다더니 정말 그랬다. 화자의 형제들은 모두 성격이 강하고 센 편이어서 특히 숙자 언니와 남동생들은 아버지와 불화가 끊이지 않았었다.
　아버지도 당신이 이렇게 돌아가실 줄 알았다면 그렇게 자식들 가슴에 한을 심어주지는 않으셨을 텐데, 이미 돌이킬 수 없는 사실 앞에 몸부림을 치며 통곡하였다.
　성격이 불같고 욕심이 많았던 화자 아버지가 당신 아들들이 남의 집 자식들에게 뒤처지는 것을 어떻게 지켜만 보고 있었겠는가?
　화자 아버지는 동생들만 보면 "저런 못난 놈들!"하며 혀를 차셨고, 그럴 때마다 화자의 동생들은 주먹으로 벽을 치며 울분을 삭혀냈다.
　숙자 언니는 언니대로 미스코리아에만 관심이 있었으니 공부는 애당초 담을 쌓았고, 그런 숙자를 볼 때마다 "저런 겉멋만 든 계집애를 누가 데려 가겠느냐!" 며 역정을 내셨다.
　흉보면서 닮는다더니, 그렇게 불같은 아버지의 성격을 싫어하던 형제들은 똑같이 아버지처럼 분노를 조절하지 못하여 폭발시키곤 했다.
　이걸 유전이라고 하나보다. 덩치가 커갈수록 아버지에게 대드는 동생들을 보면서 화자는 속으로 이상한 생각이 들었다.

'이건 아무래도 귀신의 장난이다. 그렇지 않고서야 부모자식 간에 저렇게 원수처럼 으르렁거리겠는가!'

아버지의 장례식장에서 화자는 이상한 물체의 이동을 보았다.

동생들이 "아버지, 저를 용서해주세요. 제가 하루에도 몇 번씩 아버지를 미워하며 죽였어요. 저를 용서해주세요 아버지! 제가 아버지를 이렇게 죽인 거예요."라고 오열하자 연기 같은 시커먼 물체가 동생의 몸에서 서서히 움직이고 있었다.

"아버지, 이 불효자식을 용서해 주세요."라고 오열하며 울자 이상한 물체가 동생들의 몸에서 빠져 나오고 있었다. 정확히 표현하자면 아주 징그럽고 소름끼치는 형상이었다.

'아하! 더 이상 미워할 대상이 없다는 걸 알고 동생들 몸에서 빠져나가는구나!'

신기하게도 그 더러운 물체가 동생들의 몸에서 빠져나가자 동생들의 얼굴이 맑아지면서 밝게 빛이 나기 시작했다.

그런데 이게 웬일인가!

동생들의 몸에서 더 이상 버티지 못하던 귀신들이 재빠른 속도로 분노에 차 있는 대상을 찾고 있는 것이 아닌가!

그러더니 화자 아버지의 장례식에 찾아와 자기 설움에 오열하며 분노하는 여자의 몸으로 아주 편안하게 쓱 들어가는 것이 보였다.

'저 악한 것이 이제는 저 여자의 죄의식을 타고 다니며 분노하고 괴롭게 하겠구나!'

자살을 하게 하던지, 남을 원망하게 하던지, 병들게 하던지, 자기 연민에 빠져 허우적거리게 하던지…….

그런데 이게 웬일인가! 화자 아버지에게 자리 잡았던 간음귀신이 영재에게로 들어가는 게 아닌가! 영수는 평소 엄마처럼 성격이 온순하여서 귀신이 못 들어가고 있었다.

화자 엄마는 한 옆에 주저앉아 대성통곡을 한다.

"고생 많았어요. 좋은 곳으로 가요."

매일 술에 젖어서 살던 엄마는 아버지가 돌아가신 후 술을 입에 대지조차 않으셨다.

장례식 때 아버지의 유전 귀신이 영재에게 들어가서인지 영재는 늘 여자문제가 복잡했다.

동생의 문란한 생활을 보며 화자는 아버지의 장례식 날 보았던 귀신을 떠올렸으나 귀신을 쫓아낼 방법을 알 수가 없었다.

왜 여자들은 영재만 따르는 것일까?

영수는 아주 순탄하고 평온한 길을 가고 있었지만 영재는 늘 여자 문제로 골머리를 앓고 있었다.

신기하게도 여자들이 영재만 따르며 심지어 영수에게 소개해준 여자까지도 영재가 좋다고 달라붙으니 이 노릇을 어쩌면 좋단 말인가!

영재가 대책 없는 상황을 만들 때마다 화자 엄마가 빈번히 나서서 여자들을 정리해주어야 했다.

영재에게 일어나는 일이 귀신의 장난이라고 설명해 줄 수도 없고, 화자 혼자서 벙어리 냉가슴을 앓을 수밖에.

화자는 속으로 저 귀신의 저주를 어떻게 끊어줘야 할지를 고민했다. 아버지 역시 음란한 귀신들이 붙어서 그렇게 질질 끌려 다니며 방황했던 거구나!

'자식들이 도통 내 말을 안 들어서 나는 여자와 술로 마음을 달랠 수밖에 없다.'

이런 명분을 준 것도, 아버지의 마음을 혼미하게 한 것도 모두 귀신의 장난이 분명했다.

순간, 화자는 '왜 내가 영의 세계를 보고 있는 것일까?' 의문을 가졌다.

'나는 어째서 남들이 보지 못하는 세계를 보지?'

엄마와 동생들에게 말해줘도 믿을 리가 없고, 그나마 동생들이 아버지를 미워하는 마음에서 벗어났으니 다행이다.

아버지 속에 있다가 영재 속으로 들어간 저 음란 귀신만 뽑아내면 될 텐데…….

고민하던 끝에 화자가 동생들을 불러놓고 이야기를 붙여 보니 의외의 반응을 보인다.

"누나, 아버지가 돌아가셔서 너무너무 섭섭하고 슬픈 마음은 있는데, 아버지를 볼 때마다 먹었던 미워하는 마음과 증오하는 마음이 신기하게도 없어졌어."

"나는 그동안 아버지가 미워서 집에 오기가 죽기보다 싫었어 아버지가 죽던지 내가 죽던지 해야만 이 증오가 끝날 것만 같았어, 마치 내 속에 또 하나의 내가 있는 것 같았어, 하루에도 몇 번씩 자살하고 싶은 충동이 일어났고, 하루에도 몇 번씩 아버지를 죽이고 싶어서 실제 죽이려고 했던 적도 있었어."

"누나, 나도 그랬어, 그런데 아버지가 돌아가시고 나니까 효도

한 번 못한 것이 너무 너무 죄송하고, 나 같은 자식이 이 세상에 존재하는 것이 부끄러워서 몸 둘 바를 모르겠어, 아버지께 미안하고 죄송해서 나 어떻게 해? 응? 아버지께 효도할 기회가 영영 오지 않을 텐데 어떡하면 좋아!"

동생들이 한없는 회환의 눈물을 흘리는 모습을 보며 화자는 동생들을 다독였다.

"영재야, 영수야, 이제 다 지난 일들이야, 이미 지나간 일을 들춰내면 뭐 하겠니, 이제 우리가 엄마에게 잘하자, 그럼 아버지도 좋아하실 거야, 이제 죄의식은 버리고 앞으로라도 열심히 살자, 나는 너희들이 있어서 정말 든든해"

"누나, 이해해 줘서 고마워."

화자는 동생들이 불쌍했다. 아버지가 돌아가시지 않았다면 이 무서운 마음의 짐을 지고 증오로 평생을 갚아먹고 살았을 텐데, 이 무서운 죄를 끌어안고 살았을 동생들이 안타까웠다.

화자는 아버지가 가여웠다. 왜 아버지는 사랑하는 마음을 욕설과 폭언으로 발산하신 것일까?

아버지가 돌아가시자, 화자네 집은 모든 것이 바뀌었다. 우선 화자가 생활전선에서 일을 해야만 했다.

속으로 겁도 났지만 화자는 늘 자신만만하다며 가족들을 안심시켰다.

"이제 누나가 너희들 학교 보내줄 거니까 걱정 말고 공부만 열심히 해라!"

"엄마, 생활비는 내가 책임질 테니까 아무 걱정 말고 건강만 잘 챙기세요."

그렇게 큰소리라도 쳐야 버틸 수 있을 것만 같았다.

대학 졸업을 앞둔 숙자 언니는 드디어 미스코리아 선발대회에 도전했다. 물론 처음 동기는 아버지로부터 독립하려는 의도였지만, 이제 정말로 이 길만이 구원의 길이라는 생각이 들었다.

드디어 D-day

걷는 연습을 할 때마다 엉덩이를 흔든다고 핀잔을 해서인지 숙자 언니는 무대 위에서 아주 조신하고 당당하게 걸었고, 사회자의 질문에도 센스 있는 대답을 척척해냈다. 유난히 흰 피부에 파란색 수영복을 입고 늘씬한 각선미를 뽐내며 화려한 조명을 받자, 숙자 언니는 정말 활짝 핀 꽃처럼 화려하고 예뻤다.

아버지의 죽음으로 혼란스럽던 가족들이 숙자 언니의 대회 참여로 다시 생기를 되찾고 있었다.

화자와 동생들은 친구들까지 동원하여 광화문 시민회관에 모여 환호성을 질렀다. 가족들의 응원에 힘을 받은 듯, 숙자 언니는 눈부신 활약을 해 당당히 미스코리아 진에 당선되었다.

미스코리아 진에 당선되면서 숙자언니에게 청혼이 들어왔다.

미국에서 미스코리아 심사위원자격으로 와있던 사람이 숙자 언니에게 반하여 결혼 신청을 한 거다.

훤칠한 키에 기분 좋은 느낌을 주는 그는 언제나 화자의 가족들에게 선물공세를 해왔고, 숙자 언니는 아메리칸드림을 꿈꾸며 이 남자와의 결혼을 허락해달라고 엄마를 조르고 있었다.

"얘는, 한국에도 얼마나 조건 좋은 사람이 많은데 하필 양 코쟁

이하고 결혼을 한다고 하니!"

　화자 엄마는 큰딸이 미국 사람과 결혼하여 미국까지 가서 살아야 한다는 사실이 서운하기도 하고, 그 시절만 해도 국제결혼은 사람들의 입에 오르내리던 시절이라 꺼림칙하기도 했다.

　그러면서도 한 편 아버지가 안 계시면 좋은 혼처가 들어오지 않던 때인지라 언니의 설득에 못이기는 채 "할 수 없다."는 말로 승낙했다.

　숙자 언니는 열심히 영어를 배웠다.

　사랑의 힘은 참으로 위대하다. 사랑하는 사람과 의사소통을 하기 위해서 언니는 있는 대로 혀를 꼬부리고 어깨를 추썩거리며 외국 영화에 나오는 배우들처럼 영어를 했고, 놀랄 만큼 빠른 속도로 실력이 늘어났다.

　드디어 형부를 따라 미국으로 들어가기 전날 밤,

　온가족이 모여 저녁 식사를 하고 이제 언제 볼지 모른다는 섭섭함에 다들 시무룩해 있는데, 모두들 아버지의 빈자리가 너무 크게 느껴진다고 한 마디씩 하다가 서로 얼싸안고 대성통곡을 하고 말았다.

　숙자 언니가 시집을 가자, 화자의 어깨는 더욱 무거워졌다.

　어떻게 해야 조금이라도 더 많은 수입이 생길까 궁리하던 끝에 새벽시간을 쪼개어 타자학원, 주산학원, 부기까지 배우며 친구의 권유로 모델 일까지 하였다.

　키가 크고 늘씬했던 화자는 모델 일이 적성에 맞기는 했지만, 실제 생활에는 큰 도움이 되지 못했다.

너무 사야할 것도 많고 유혹도 많았다.

신발, 모자, 옷, 액세서리, 가발, 화장품 등 사도 사도 살 것들이 많아 버는 돈이 도로 다 그 밑으로 들어가 버렸다.

하루는 쇼를 마치고 스텝들과 모델들이 함께 회식을 하게 되었는데, 그 중에 돈 많기로 소문난 사장님이 한 턱을 쏘는 자리였다.

근사한 호텔에서 먹는 스테이크의 맛은 일품이었다. 다들 식사를 마치고 일어서려는 분위기인데, 사장님이 화자에게 은밀한 눈짓을 하며 할 말이 있단다.

한 친구가 화자의 귀에 대고 "조심해!" 한다.

화자 역시 긴장되어 사장님과 마주 앉았다.

"사장님, 맛있게 잘 먹었습니다." 라고 인사를 하자,

사장님이 "뭘 그걸 가지고" 하며 웃는데 갑자기 소름끼치는 형상이 화자의 눈에 보인다. 귀신이었다.

아주 말로 형용할 수 없는 징그러운 모습이 드러나자 화자는 잠시 움찔하다가 핑계를 대며 일어서려는데, 사장님이 두툼한 봉투를 내밀며

"이거 용돈이야, 필요한데 보태 쓰지" 하며 화자의 손에 쥐어준다. 화자가 거절을 하자 그 귀신의 형상이 화자를 향해 눈을 흘긴다.

화자가 마지못해 돈을 집자 아주 간교한 웃음을 짓는 게 아닌가!

'내가 귀신을 보고 있다는 사실을 귀신이 알까?'

어쨌든 사장은 기분이 좋아 술을 더 시키며 음흉하게 웃는다.

"앞으로 내 말 잘 들으면 내가 이 바닥에서 큰 그릇으로 만들어 줄게."

화자는 억지웃음을 지으며 고맙다고 인사를 하고 사장이 화장실에 간 틈을 이용해 유유히 빠져나왔다.
　'왜 하필 이 순간에 준하 오빠가 생각나는 걸까?'
　화자는 그 순간 자기를 늘 등에 업어주셨던 아버지 생각이 났다.
　미국 생활이 힘들지는 않나? 숙자 언니 생각도 났다.
　이럴 때 준하 오빠가 옆에 있다면,
　이럴 때 아버지가 옆에 계신다면,
　저런 음흉한 사장을 혼내주라고 이르고 싶다.
　'아버지 덕분에 그동안 돈 귀한 줄 모르고 살았구나!'
　이런 밤이면 아버지의 자리가 한없이 크게 느껴진다.
　다행히 화자는 좋은 회사의 경리로 취직을 하였다.
　첫 출근하는 날이 마침 화자의 생일이었다. 퇴근 후 축하해 주러 온 친구들을 만나 늦도록 이야기꽃을 피웠다.
　대학 간 친구들은 교수님이 어떻고, 미팅을 했는데 파트너가 어떻고, 동아리서 만난 형이 어떻고 수다가 끊일 줄을 모른다.
　다들 어른스러워 보인다. 화자는 왠지 서글픈 생각이 들었다.
　'아버지만 살아 계셨어도, 나도 대학에 들어가 걱정 없는 시절을 보낼 수 있었을 텐데' 늘 똑똑하다고 격려해주시던 아버지 모습이 떠올라 울컥 눈물이 쏟아진다.
　화자는 친구들과 헤어져 방배동 집으로 향했다.
　아버지가 돌아가시고, 가게도 집도 다 빼앗기다시피 하고 방배동으로 이사를 했다.
　지금과 다르게 그 시절의 방배동은 외진 동네였다.

가로등 하나 없는 길을 돌아 들어가야 집에 갈 수 있었다. 밤길을 걸을 때마다 화자는 아현동의 떠들썩하던 골목이 그리웠다.

준하 오빠가 있었던 아현동 골목을 떠올리며 먼발치에서 차가 오는 것을 확인하고 서둘러 길을 건넜다.

그런데 화자에게 무슨 일이 일어난 것일까?

"아가씨, 정신이 들어요?"

분명 멀리서 차가 오는 것을 확인하고 길을 건넜는데, 정신이 들어보니 차 안이다.

"아가씨 운 좋은 줄 알아요. 그 정도로 부딪혔으면 백발백중 못 깨어나는데 이렇게 눈을 뜨는 거 보니 아가씨는 명줄이 긴 사람이네······."

아무리 생각해도 이상하기만 하다.

'왜 그렇게 멀리서 차가 온다고 느낀 것일까?'

'어른들 말씀이, 사람이 죽어서 좋은 곳으로 못 가면 일 년 안에 데려가고 싶은 사람을 데리러 온다던데, 우리 아버지가 갈 곳으로 못가시고 날 데리러 오신 것일까?'

화자는 황급히 병원으로 옮겨져 검사를 받았다.

척추를 구부리게 하고 피를 뽑고 머리를 심하게 다쳤다며 뇌 사진과 여기 저기 온몸에 사진을 찍었다.

의사들이 방법대원들에게 말하는 소리가 들린다.

"머릿속으로 피가 터졌기 때문에 24시간 지켜봐야 죽을지 살지 알 수 있습니다."

'그렇다면 나는 죽는 중인가, 사는 중인가? 아무래도 의사의 말

이 가망이 없다는 뜻이지?'

　누워 있는 화자의 귓가에 웅성거리는 사람들의 소리가 들린다.
　"허허, 젊은 아가씨가 안됐네, 저대로 살아날 수 있을지 원"
　"내가 보기엔 살아나도 사람노릇하기 어려울 것 같아"
　화자는 살고 싶었다. 그리고 준하 오빠 생각이 났다.
　'아! 죽기 전에 딱 한 번만이라도 보고 싶었는데……'
　죽음 앞에 맞닥뜨리자, 화자는 그동안 잊고 살았던 하나님을 부르며 살려 달라고 절규했다.
　정신이 든 상태였는지 혼수상태였는지 잘은 모르겠다.
　화자가 하나님께 제발 이번 한 번만 살려달라고 애원하며 기도하는데, 말로만 들었던 지옥 앞에 서있는 자신을 발견했다.
　지옥은 정말 무시무시했다. 아비규환이라는 말이 떠오를 뿐이다.
　자기 몸을 자기 마음대로 할 수 없는 곳이었다.
　화산이 폭발하면서 흘러넘치는 시뻘건 용암처럼 뜨거운 불가마 속에서 펄펄 뛰며 고통스러워하는 인간들이 보였다.
　'하나님, 이 무시무시한 곳에서 저를 좀 꺼내주세요!'
　'하나님, 너무너무 무서워요, 저를 좀 살려주세요!'
　몸부림을 치며 애를 쓰다가 눈을 떴다,
　"…… 휴우! ……."
　어떻게 알고 왔는지 엄마와 동생들이 뜨거운 눈물을 흘리며 화자를 지켜보고 있다.
　화자가 엄마와 동생들에게 지옥을 보고 왔다고 하자 엄마는 "헛것을 보았구나!" 하며 안타까워했다.

더 이상 대화가 이뤄지지 않았다.

안 믿어주니 도리가 없다.

정신이 들자 화자는 사람으로서는 이겨낼 수 없는 고통을 느꼈다. 차에 부딪치는 순간 몸이 붕 떴다가 도로에 탁 떨어지면서 머리를 심하게 다쳤던 모양이다.

머릿속에서 혈관이 터져 엄청난 피가 머릿속에 고인 거라고 했다. 머리 위에 머리 하나가 더 달려 있었다.

사람의 몸은 참 오묘하다. 아니 신묘막측하다는 말이 더 정확할지도 모르겠다.

온 몸의 구조가 모두 하나로 연결되어 있어서인지 한 군데가 아프면 그 통증이 온 전신에 퍼져 무너져 내리는 고통을 견딜 수가 없었다.

머리 때문에 몸을 움직일 수 없자, 금세 등이 썩어 욕창이 생겼다. 무릎의 십자 인대가 끊어지는 바람에 무릎이 퉁퉁 붓더니 이내 고름이 차올랐다.

살 가망이 없다고 판단해서일까?

의사는 계속 수술을 미루고 있었다.

깁스한 다리, 머리하나가 더 달린 무거운 머리, 욕창이 생겨 썩어 들어가기 시작한 등, 퉁퉁 부어 고름이 차오르는 무릎, 이를 악물어도, 진통제를 맞아도, 참기 힘든 통증과 죽음에 대한 공포로 화자는 형벌의 시간을 견뎌내야 했다.

'아버지는 늘 쌀값을 떼어먹고 도망가는 것들 중에 교회 다니는 것들이 더 많더라고, 교회 다니는 사람들을 흉보았었는데, 가짜 교

인들이 전했을지언정, 하나님은 진짜로 살아계신 분이구나!'

의식이 돌아온 화자는 혼자서 중얼거렸다.

어쨌든 몸은 죽지 않고 살았지만, 자신의 생명이 자기 손이 아닌 하나님께 달려 있다는 사실을 깨달았다.

의식이 돌아오자 죽을 것 같은 통증 때문에 비명을 질러댔다.

이럴 때 준하 오빠가 옆에 있어준다면 고통이 덜할 것만 같았다.

이럴 때 아버지가 살아계셨더라면 구경만하는 저 의사들을 요절을 내서라도 나를 어떻게 해줄 텐데……

서글픈 생각이 꼬리를 물면서 살고 싶지 않다는 생각으로 치닫기 시작하자, 화자는 흠칫 놀라며 엄마와 동생들을 떠올렸다.

'그렇구나, 현실 앞에서는 죽음조차도 사치로구나!'

화자는 생각을 바꿔먹고 하루하루를 버텨냈다.

그 와중에, 화자 옆의 침대에 환자가 들어왔다.

여자, 39세, 병명 췌장암 말기.

그러나 정작 본인은 자기가 암에 걸렸다는 사실을 모르는 듯 했다. 자기 생이 얼마 안 남은 줄도 모른 채, 남편에게 병원 반찬이 비위에 안 맞는다며 투덜댄다.

어린 딸은 빨리 집에 가자고 엄마에게 보채고, 이를 지켜보던 남편은 펑펑 울기만 한다. 화자도 그간 쌓였던 설움이 복받쳐 이불을 뒤집어쓰고 한참을 울었다.

'자기 생을 마무리하도록 본인에게도 이 사실을 알려줘야 하는 거 아닌가?'

펑펑 울어 눈이 퉁퉁 부은 젊은 남편을 보며 병실에 있는 사람들이 혀를 찬다. 한 쪽 침대선 어린아이가 다친 다리를 천정에 매단 채 통증을 호소하며 울어댄다.

'저 어린애는 어떤 연유로 저리 고통을 당하는가?'

삶과 죽음, 사랑과 미움, 희망과 절망, 병원은 이런 절박한 상황들을 지켜보는 곳이구나,

한 치 앞도 내다볼 수 없는 나약한 인생들!

무방비 상태로 습격당하는 인생들!

화자는 자신의 인생마저도 허탈하게 느껴진다.

의사가 얼마 못살고 갈 거라고 하더니, 정녕 서른아홉 꽃다운 나이의 여인은 사랑하는 어린 딸을 남겨둔 채, 자신의 인생을 마무리도 못한 채, 목 놓아 우는 남편을 두고 그렇게 떠나갔다.

'사람은 죽어서 어디로 가는 걸까?'

우리 육신은 흙과 같은 원소로 구성되어 있다니까,

또 흙에다 묻었으니까 흙으로 돌아가는 것일까?

그렇다면 내 몸을 움직이게 만들었던 혼은 어디로 가는 걸까?

또 죽음 앞에서 살려달라고 기도했던 나의 영은 하나님께로 왔으니 하나님께로 가는 걸까?

그녀의 남편은 죽은 아내를 언제까지 기억해줄까?

화자의 머릿속은 연기가 낀 듯 매캐하고 복잡하다.

젊은 여인이 주검이 되어 실려나간 자리에 80세 되신 할머니가 들어오셨다.

할머니는 밤이고 낮이고 왜 약을 안주냐며 간호하는 딸을 달달 볶아댔다. 간호사들이 머리를 설레설레 흔들며 영양주사를 놔드리

면 할머니는 언제 그랬느냐는 듯 흐뭇한 표정이다.

서른아홉 젊은 여인은 수명이 다 된 줄도 모른 채 반찬 투정을 했는데, 이가 다 빠져 맘대로 씹지도 못하시는 저 할머니는 영양제를 놔달라며 생에 대해 애착을 보이신다.

처음 화자가 병원에 입원하게 되자 친구들이 당번을 정하여 화자를 간호하러 왔다.

그러나 긴 병에 효자 없듯 장기간 입원하게 되고, 이제는 내가 잊혀져가고 있구나 하는 생각이 들 때,

순이라는 친구가 일본어책을 가져와 함께 공부하자고 했다.

꼼짝없이 누워서 시간을 죽이고 있던 화자에게 반가운 소식이 아닐 수 없다.

'의미 없는 시간을 축내고 있느니 일어 공부를 하자'

화자는 열심히 단어 숙어를 외웠다.

병원에 있는 동안 화자 엄마는 뼈가 잘 붙으라고 사골 국물을 열심히 고아오셨다.

잘 먹는데다가 운동량이 적으니 자연 얼굴에 살이 올랐다. 햇빛을 보지 않으니 피부가 뽀얘졌다.

친구들은 화자가 너무 예뻐졌다며 자기들도 햇볕을 안 쬐겠다고 난리들이다.

수술을 받고, 물리치료를 하고, 재활치료를 하며 퇴원하기를 기다리는 즈음에, 호텔에서 경리를 뽑는다는 구인광고를 보고 화자는 용기를 내어 이력서를 썼다. 목발을 짚고 면접을 보러온 화자를 보고

'저 지경으로 면접을 봐야하나' 싶은 얼굴로 화자를 바라본다.

그러나 당장 생활고를 걱정하는 화자에게 남의 시선이 무슨 대순가!

당돌하고 적극적인 화자는 아랑곳하지 않고 더 당당하게 목발에 힘을 싣고 차례를 기다렸다.

복불복이라던가!

면접 보는 사장님이 마침 일본 사람이란다.

화자는 병원에서 독학한 일본어 실력으로 지금은 비록 부상을 당해 목발을 짚고 있지만 이 호텔이 문을 열 때는 목발 없이도 걸을 수 있으며, 집안 사정이 어려워 꼭 이 호텔 경리로 일하고 싶다고 사정을 밝히자 사장이 흔쾌히 허락을 했다.

그 때만 해도 호랑이 담배 피던 시절이란 생각이 든다.

화자는 외모도 좋았고, 일본말도 곧잘 했고, 거기다 부기 주산 타자 실력도 좋았던 터라 1500명의 응시자들을 제치고 당당히 합격을 했다.

4
결혼, 널뛰기 꿈

꿈에서 화자는 남편과 널을 뛰고 있었다. 쿵더쿵, 쿵더쿵 널을 뛰는데, 남편이 높이 올라가더니 내려오지를 않는 거였다. 아무리 고개를 들고 올려다봐도 남편이 내려오질 않아 애를 태우며 기다리다 잠이 깼다.

화자의 집에 오랜만에 기쁨이 찾아왔다. 화자의 직장은 일본과 한국의 합자회사여서 보통의 한국인 회사보다 월급이 훨씬 많았다.
친구들은 모두 화자를 부러워했다.
숙자 언니는 생활비에 보태라며 돈을 보내왔고, 화자는 언니가 두고 간 옷을 입어보며 출근할 준비를 했다.
모든 생활을 화자가 맡았으니 억척을 부릴 밖에.
새로 입사한 곳은 호텔의 경리부로 부서 직원만 20명이었다. 밝고 활달한 화자는 입사하면서부터 사무실 사람들의 인기를 한 몸에 받기 시작했다.
어떤 동료는 대놓고 예쁘다며 자기와 사귀지 않겠느냐고 대시해 왔지만, 이상하게도 화자는 바람기 있는 남자들이 징그럽게만 보였다.

가정 형편을 고려해 지금은 결혼할 때가 아니라고 마음을 다잡으면서도 경리과장으로 있는 재철에게 마음이 쏠리는 걸 어쩔 수가 없다.

잘 생기진 않았지만 성실하고 꼼꼼하게 일처리를 하는 재철을 보면서 화자는 이상한 신뢰 같은 것이 생기곤 했다.

물론 화자와는 아홉 살이라는 나이 차이가 좀 있긴 하나 크게 문제되지 않았다.

물론 화자와 나이도 비슷하고 인물도 좋은 사람이 화자에게 관심을 보였지만 화자의 마음은 재철에게만 쏠리고 있었다.

재철은 많은 사람들이 화자를 좋아하는 것을 알고 적극성을 띠고 화자에게 청혼을 해왔다.

사내 커플이라 대놓고 사귄다고도 못하고, 재철 앞에서 화자에게 데이트 신청을 하는 사람들이 있으니 애가 타서 결혼을 오래 끌 수도 없다. 화자의 입장을 아는 재철은 화자의 집에 찾아가 화자 엄마에게 용돈을 챙겨 드리며 결혼을 하더라도 다달이 다소간의 생활비를 보조해 드리겠다고 했다.

마음 깊은 재철을 보며 화자는 내가 사람을 잘 선택했구나 싶어 마냥 행복하기만 했다.

드디어 재철이 화자와의 결혼을 발표하자 사무실이 발칵 뒤집혔다.

"어쩌면 그렇게 감쪽같이 사귀었느냐?"

"그것도 모르고 쫓아다닌 나는 무슨 꼴이냐?"며 항변을 해왔다.

노총각인 자기를 선택해준 것에 보답이라도 하듯 재철은 화자의 가족들에게도 화자에게도 정말 끔찍이도 잘했다. 색시가 예쁘면

처갓집 말뚝에다 대고도 절을 한다지 않던가!

온 가족의 생일과 화자 아버지의 제사 같은 대소사를 모두 알아서 챙기고, 명절 때면 손아래 처남들을 데리고 나가 옷도 사주고, 기타도 사주고 다달이 용돈을 챙겨주며 친형처럼 보살폈다.

화자의 엄마가 조금만 몸이 안 좋은 눈치면 직접 병원에 모시고 다니며 건강을 챙겨드렸다.

'정말 내가 이렇게까지 행복해도 되는가!'

화자는 너무 행복해서 두렵기까지 했다.

그러면서 화자가 임신을 했다. 유난히 입덧이 심한 화자는 도무지 밥 냄새를 맡지 못했다.

통금시간이 다 돼 가는데 갑자기 자두가 먹고 싶다, 사이다가 먹고 싶다, 순대가 먹고 싶다고 하면 말이 떨어지기가 무섭게 구해다 주었다.

차를 타고 이동하다가도 멀미를 하면 차를 세워놓고 가라앉도록 도와주고, 직장에 가서도 기분이 어떤지, 뭘 좀 먹었는지, 관심을 가지고 물어봐 주었다.

먼저 사다놓은 것도 다 못 먹었다고 핀잔을 해도 저녁마다 귀한 먹을거리를 많이도 사왔다.

가끔씩 자기가 좋아하는 걸 사와서는 화자가 좋아할 것 같아 사왔다고 내밀었다. 화자는 이상하게도 그동안 입에도 안 댔던 희한한 것들이 입에 맞았다.

별로 좋아하지 않던 가루음식이 맛있고, 비린내가 싫어 잘 안 먹었던 생선들이 당겼다. 알고 보니 모두 재철이 좋아하는 음식들이다.

"아기 식성이 아빠를 닮았나 봐"

화자의 말에 재철은 그마저도 행복하여 너털웃음을 웃어댔다. 드디어 화자는 재철을 쏙 빼닮은 아들을 낳았다.

재철은 산모와 아기가 안전해야 한다며 대학병원 산부인과에서 출산을 하게 했다. 병원 미역국은 맛이 없다며 손수 미역국을 끓여 오시던 착하신 시어머니,

화자의 시어머니는 시집오자마자 떡두꺼비 같은 손자를 낳아준 화자를 복덩이라며 아껴주셨다.

남편을 얻고, 아들을 얻고, 화자는 천하를 다 얻은 것처럼 행복한 날을 보내고 있었는데,

하루는 정말 이상한 꿈을 꾸었다.

꿈에서 화자는 남편과 널을 뛰고 있었다.

쿵더쿵, 쿵더쿵 널을 뛰는데, 남편이 높이 올라가더니 내려오지를 않는 거였다. 아무리 고개를 들고 올려다 봐도 남편이 내려오질 않아 애를 태우며 기다리다 잠이 깼다.

아무래도 불길한 꿈같아 화자가 출근하려는 남편을 붙잡고 응석을 부리며

"여보, 오늘은 회사에 가지 말고 나와 함께 집에 있자, 왠지 불안해서 그래"

재철이 화자의 이마에 뽀뽀를 해주며

"이 사람아, 신혼도 지났는데 왜 이러시나요, 오늘은 바빠서 꼭 나가야 돼요." 하며 서둘러 집을 나갔는데, 남편이 나가고 한 시간도 안 되어 요란하게 전화벨이 울렸다. 순간 오싹하도록 불길한 느

낌이 들었다. 급하게 달려와 전화를 받으니 낯선 남자의 다급한 목소리가 들린다.

"거기 김재철 씨 댁이죠? 여기 한남병원 응급실인데요, 부인되시나요?"

"네, 제가 김재철 씨 안사람인데요, 무슨 일이시죠?"

"김재철 씨가 교통사고를 당해 지금 병원에 실려 왔으니 빨리 이쪽으로 오세요."

순간 화자는 털썩 주저앉고 말았다.

그렇게 재철은 다시는 못 올 길로 떠나버렸다.

그냥 손에 움켜쥐었던 바람이 새나가듯 그렇게 남편을 잃어버리고 말았다.

'아까 내가 꽉 붙잡았어야 되는 건데'

'오늘 만큼은 절대로, 집밖으로 못 나가게 말렸어야 되는 건데!'

죽을 운명이어서 꿈에 보인 걸까?

정말 말릴 수는 없는 일이었을까?

순간, 화자는 머릿속이 하얘지는 걸 느꼈다.

"나가지 말랬잖아! 나가지 말랬잖아……"

차가운 주검이 되어 관속에 누워있는 남편을 향해 화자는 소리조차 내지 못하고 웅얼거리고 있었다.

비보를 듣고 달려온 사무실 동료들이 믿기지 않는 사실 앞에, 화자를 붙잡고 오열을 한다.

"누구야! 나를 질투하는 정체가? 숨어있지 말고 나와 봐! 너 누구야!"

화자가 미친 사람처럼 넋두리를 늘어놓자, 다들 어린 정우를 생각해서 정신 줄을 잡아야 한다며 함께 목 놓아 울어준다.

조문객들이 화자를 위로한다.

"이제 좋은 데로 가시도록 놓아주세요. 환생해서 다시 만날 날을 기약하십시다."

환생하면 다시 만날 수 있다는 말에 화자가 오열한다.

"누가 당신을 다시 만들어서 환생시킬 건데! 당신이 환생을 한다면 소가 될 거야? 새가 될 거야? 그렇다면 내가 당신을 어떻게 알아 봐? 사람이 된들 내가 어떻게 알아 봐? 이건 희망사항이지, 누가 정말 환생했던 사람이 없었잖아! 소로 태어나면 내가 당신을 잡아먹어야 되잖아, 날 더러 어떡하라고! 말 좀 해봐 여보! 저 어린 것하고 어떻게 살아가라고 먼저 간 거야!"

화자는 소리를 지르며 바닥을 뒹굴었다.

집에 돌아온 화자는 실신한 사람처럼 누워 있었다.

초점 없는 눈으로 허공을 바라보다가, 벌떡 일어나 산발한 머리로 거리를 헤매기도 하고, 재철과 다녔던 곳을 찾아가 밤이슬이 내리는 줄도 모르고 중얼거리며 앉아 있기도 했다.

화자의 엄마는 화자의 정신을 깨워주려 애를 썼다.

"화자야, 세월이 약이더라, 내가 겪어보니 세월이 약이더라, 산 사람은 살아야지, 너는 새끼 딸린 어미 아니냐! 정우를 봐서 정신 좀 차려라!"

화자 엄마는 정우를 봐주며 화자가 정붙일 일들을 찾아보라고 애원을 했다.

정우를 보며 안정을 찾아보려 하지만 그것도 마음대로 안 되는지 미친 사람처럼 한 곳에 가만히 있지를 못하고 여기저기를 헤매고 다녔다.

그렇게 몇 개월의 시간이 속절없이 흘러갔다.

미국에 있는 숙자 언니가 매일 같이 전화를 해서 미국에 와서 같이 살자고 한다.

화자 엄마도 정우는 내가 잘 봐줄 테니 그렇게 새 출발을 해보라고 부추긴다.

"나도 이제 정우 없이는 안 되겠다."

돌 지난 정우는 외할머니를 잘 따랐다.

매일 매일 예뻐해 주고 사랑해주던 아빠가 안 보여도 아는지 모르는지, 다행히 주는 대로 잘 먹고 잘 걷고 온갖 재롱으로 외삼촌과 외할머니의 사랑을 독차지 하고 있다.

화자가 곰곰 생각을 해본다.

'엄마는 정우와 보내는 시간을 소중하게 생각하며 진짜 정우를 사랑하시는 것 같다. 할머니의 외로운 노후를 정우가 많이 보상해 주는 것 같아서 다행이다. 그렇다면 숙자 언니를 만나러 미국으로 가는 것도 나쁘지만은 않을 것 같다.'

화자는 자기가 미국에 가야하는 이유를 나열해봤다.

첫째는 재철이 없는 한국에 머물기가 싫다.

둘째는 재철과 함께 했던 이 집이 견딜 수가 없다.

셋째는 재철과 함께 했던 추억이 곳곳에 숨어 있는 서울이 싫다.

5

해후,
비켜간 만남

'누구더라?'
세상에 이게 누군가!
바로 준하 오빠였다. 오매불망
잊지 못하던 준하 오빠가 거짓말
처럼 길 건너편에 서있는 게 아
닌가!

화자는 엄마와 언니의 권유대로 미국행을 결심한다. 화자가 미국으로 간다는 소식을 들은 친구들이 가기 전에 저녁이나 같이 먹자며 청담동 경양식집에서 만나자고 연락이 왔다. 청담동 골목으로 들어서서 횡단보도를 건너려고 신호를 기다리는 순간 어디서 많이 보던 낯익은 모습이 눈에 띤다.

'누구더라?'

세상에 이게 누군가!

바로 준하 오빠였다.

오매불망 잊지 못하던 준하 오빠가 거짓말처럼 길 건너편에 서있는 게 아닌가!

남편이 죽어서 슬퍼있는데도 준하 오빠를 보자 물기 없던 심장에 다시 피가 도는지 가슴이 두근두근 사정없이 뛴다. 길 건너에 서

있던 준하 오빠는 꼭 깡패 두목 같이 보였다. 오빠 옆으로는 소위 깍두기 머리를 한 청년들이 서너 명 버티고 서 있다.

'설마 준하 오빠가 깡패가 되었으려고?'

'그렇게 성실하고 똑똑하던 준하 오빠가 그럴 리가?'

잠깐 몇 초 동안 수많은 생각이 팽팽 돌아간다.

'준하 오빠, 나 너무 힘들어요.'

준하의 품에 안겨 실컷 울어 라도 봤으면…….

'오빠, 나 안보고 싶었어요? 나 혼자 좋아한 거예요?'

'왜 나를 찾지 않았어요? 나는 너무너무 보고 싶었는데, 눈 오는 날 바람처럼 찾아와 노트 두 권 손에 쥐어주고 그렇게 사라지고는 왜 날 또 찾아오지 않았던 거예요?'

'오빠, 남편이 죽었어요. 허허벌판에 난 혼자에요.'

화자는 신호가 바뀐 줄도 모르고 눈물을 흘리며 한 동안 그 자리에 장승처럼 서 있었다.

준하 오빠는 옆에 따르는 사람들에 둘러싸여 화자를 보지 못한 채 스쳐 지나간다.

몸이 얼음처럼 굳어버렸을까?

손을 뻗쳐서 준하를 잡아야 하는데 몸이 말을 듣지 않는다. 준하를 쫓아가 불러 세우고 싶었지만 마음만 간절할 뿐 목젖이 굳어 소리가 밖으로 나오지를 않는다.

화자가 굳은 몸을 풀고 정신을 차리고 친구들과 약속 장소로 갈 즈음엔 이미 시간이 많이 흐른 뒤였다.

묻고 싶은 것도 많고, 듣고 싶은 것도 많다. 하지만 남편 죽은 지 얼마나 되었다고 이러는가, 자신을 채근하며 화자는 애써 발길을 돌렸다.

무슨 정신으로 약속장소까지 갔는지 한 겨울에 이마에 땀이 배었다. 친구들을 만난 자리에서 인숙이의 소식을 들었다.

준하 오빠 엄마는 정신 병원에 들어가 계시고, 아이들은 아버지에게 보내져 계모 밑에서 갖은 학대를 당하며 자랐고, 지금도 힘들게들 살고 있다고 했다.

'준하 오빠가 잘 되는 것이 나의 소망이었는데……'

준하 오빠가 화자네 집을 배회하고 다녔다는 말을 들었을 때, 화자는 이건 하늘의 위로라는 생각이 들었다.

'그래서 연락을 못하고 있었구나……'

친구들은 위로라도 하듯 준하 오빠 이야기에 중심을 실었다.

"준하 오빠가 아직도 너를 잊지 못하나보더라"

순간! 화자는 벽에다 낙서가 하고 싶어졌다.

"준하 오빠 바보!"

'아, 이런 상황에서 내가 동심으로 돌아가고 있다니!'

화자는 어이없어 고개를 가로 저었다.

'머나먼 나라로 떠나기 전에 잠깐이지만 얼굴도 봤고, 안타깝지만 소식도 들었고, 그동안 연락할 수 없었던 사연도 알게 되었으니 그나마 위로를 삼자.'

미국으로 떠나기 전, 들을 소식은 다 듣고 가는 것만 같아 홀가분한 느낌이다.

출국을 며칠 앞두고 화자는 아현동 골목을 찾아갔다.

옛날 그대로 있는 집도 있었지만 "현순아!" 하고 부르면 언제나 자기 엄마 고무신을 거꾸로 신고 나오던 현순이네 집은 멋진 2층 집으로 변해 있었다.

'그렇게 넓어 보이던 골목이 이렇게 작았었네!'

'그 땐 내가 체구가 작아서 이 골목이 그렇게 크게 느껴졌는지도 몰라'

복덕방을 하던 인순네 앞을 지나간다. 화자네 가게에서 외상으로 과자를 달아 먹고 외상값이 많아지자 염치가 없어서 화자 앞에 나서지 못하던 인순이…….

지금 생각해 보면 아무것도 아닌데, 인순이는 일찌감치 빚진 자의 고통을 겪었겠구나!

낯익은 할아버지가 지나가시는데 보니 밥상을 메고 다니며 파시던 아저씨다. 30년 세월이 흘렀으니 백발이 되실 밖에,

'하긴 내 아버지는 벌써 오래 전 이 세상 분이 아니신데…….'

콧날이 시큰해진다.

어렸을 때, 한 친구가 미국 잡지책을 가지고 와서 아이들에게 설명을 해주었다.

"미국 사람들은 다 잘 생겼어"

"미국 사람들은 다 키가 엄청 크대, 눈에서 파란 도깨비불이 켜진대"

"코가 하도 뾰족해서 손을 대면 엄청 아프대"

미국에 안 가 본 우리들이 미국에 대해서 더 많이 아는 척을 했었다.

화자는 아현동 골목을 돌아 나오며 인사를 한다.

"아현동! 내 고향 잘 있어!"

화자가 미국으로 떠나기 전날,

화자 엄마는 평소 딸이 좋아하던 나물과 조기구이를 마련하였다.

"화자야, 이거 네가 좋아하는 고구마 순 나물이다, 좀 먹어봐라, 미국에 가도 이런 나물들이 있으려나 모르겠다."

화자 엄마는 조기를 발라 화자의 숟가락에 얹어주며 눈시울을 붉힌다. 한쪽에 잠들어 있는 어린 정우를 바라보노라니 차마 밥이 넘어가질 않는다.

"화자야, 정우는 내가 잘 보살필 테니 아무 걱정 마라" 엄마는 딸을 안심시키느라 화자의 등을 쓸어내린다.

그날 밤 화자는 정우를 품에 안고 하염없이 운다.

"불쌍한 내 새끼, 아빠도 없이…… 엄마도 없이…… 이 어린 것을 떼어놓고 내가 무슨 부귀영화를 누리겠다고 이리 독한 짓을 하는가?"

화자의 눈물이 정우의 얼굴에 뚝뚝 떨어진다.

6

미국,
새로운 인연

"내가 잘 해줄게요. 슬픈 생각은 이제 하지 말아요."
화자의 손끝이 파르르 떨리자 진성이 살포시 화자를 안아 준다. 오랜만에 느껴보는 따스함이다. 화자는 그만 넋이 나갈 뻔했다.

공항에서 만난 숙자 언니는 매우 검소한 차림으로 마중을 나왔다. 화자에게 미국은 모든 것이 낯설고 하염없이 외롭기만 하였다. 그렇게 멋만 부리고 아버지 말을 안 듣던 숙자 언니는 아주 많이 달라져 있었다.

'하긴 남의 나라에 와서 살려면 생각도 바뀌고 습관도 바뀌고 사는 방식도 바뀌어야 되겠지.'

숙자 언니는 남동생들도 미국에 데려왔다. 막내 영수는 고등학교를 마저 마치게 했고, 영재에게는 미용을 배우게 했다. 영재는 미용을 배워 숙자 누나처럼 미용실을 차리겠다고 꿈이 크다. 아버지에게 맞고 자라서 그런지 남동생과 숙자 언니는 씩씩하고 적극적이다.

'난, 아무 일도 없었어!'

스스로에게 최면을 걸어보지만 그것도 마음 뿐, 화자는 어서 어서 세월이 흘러 슬프고 아픈 기억들이 모두 지워지기만을 바래볼 뿐이다.

막상 미국에 와보니 화자는 정우가 눈에 밟혀 살 수가 없었다. 그렇게나 알뜰히도 아껴주던, 남편이 보고 싶어 숨을 쉴 수 없었다.

"왜 내가 사랑하는 사람들은 모두 빼앗아가는 겁니까?"

하나님에게 삿대질을 해보지만 그것이 운명이라면 받아 드려야지 도리가 있겠는가. 그나마 정우가 보고 싶을 땐 전화 목소리라도 들을 수 있어 다행 아닌가!

그런데 전화 요금이 너무 비싸다.

지금은 국제 전화요금이 많이 내렸지만 그 때만 해도 국제 전화 요금이 터무니없이 비싸던 시절이다.

숙자 언니는 화자에게도 미용기술을 가르쳤다.

세월이 흐르면서, 뒤엉켰던 화자의 마음도 자리를 잡아가고 있었다.

숙자 언니의 미용실은 늘 손님이 끊이질 않았다.

미국은 팁을 받아 생활하는 제도인데 화자는 언니의 미용실에서 손님들의 머리를 감겨주고 있었다.

비록 초보자지만 손님들의 머리를 감길 때 정성을 들여 지압도 해주고 시원하게 감겨주자 항상 호주머니가 두둑하도록 팁을 받았다.

매일 받은 팁을 세며, 한국 돈으로 환산을 해보며, 어서어서 돈이라도 많이 모아 정우와 엄마를 모시고 살아야지 하는 희망을 품게 되었다.

숙자 언니는 미용실에서 돈이 잘 벌리자 동생들에게 후하게 돈을 주고, 한국에 계신 엄마에게도 자주 돈을 부쳐드렸다.

동생들의 먹거리부터 사소한 일들을 다정하게 살펴주는 언니를 보며 화자는 '역시 형님만한 아우가 없다는 말이 맞다.' 라는 생각을 한다.

화자 엄마는 친구들도 없는 낯선 미국 생활이 싫다며 한국에 남기를 고집했다.

그러던 어느 날, 숙자 언니가 화자에게 좋은 사람이 있으니 선을 보라고 한다.

화자가 펄쩍 뛰며 나는 정우만 바라보며 살겠다고 하자, 갖은 말로 화자를 설득하여 그냥 한 번 바람이나 쐬고 오는 걸로 하고 만나보기로 했다.

쥬얼리 디자인을 한다는 그 남자는 이태리 식당에서 화자와 만나자고 약속을 해온 모양이다

숙자 언니는 마다하는 화자에게 핑크색 복고풍 슈트에 하얀 맞주름 스커트를 입혀주며 수선을 피운다.

"야! 진짜 화사하고 예쁘다! 누가 너를 애 엄마라고 하겠니?"

숙자 언니가 이태리 식당 앞에 화자를 내려주며 자기는 주차장에 차를 대고 오겠다고 하더니 그냥 차를 몰고 가버린다.

그렇게 얼떨결에 진성과 마주 앉게 되었다.

"핑크색이 정말 잘 어울리시네요!"

"아, 네에…… 감사해요."

반은 얼이 빠진 얼굴로 진성 앞에 앉은 화자에게, 진성은 식사를 주문하자며 영어 메뉴판을 들고 설명을 해준다.

문득 고개를 들어 진성을 살펴보니 깔끔하면서도 세련된 외모에선 남성미가 물씬 넘쳐났다.

짧은 스포츠머리, 곤색 슈트 속에 하얀 와이셔츠!

이상하게 전부터 알아왔던 사람처럼 친숙하다.

화자는 진성이 권하는 대로 와인을 홀짝이며 스스로를 향해 결심을 한다.

'그래, 정우만 바라보고 살자.'

정우를 생각해서 더 이상 만나지 말아야 한다고 다짐을 하며, 어딘지 모르게 얼굴이 어두운 진성을 느끼지만 화자는 별 말없이 진성의 말을 듣고만 있다.

화자를 집으로 데려다 주면서 말없이 앉아 있는 화자를 의식해선지 진성이 계속 말을 건넨다.

"저는 몇 년 전에 사업을 하다 부도가 났는데 그 때 아내와 이혼을 하게 됐어요. 딸이 하나 있는데 자기 엄마가 한국에서 키우고 있고요."

"네에……"

"어려운 일을 겪으셨다고 들었어요. 뭐라 위로할 길은 없지만, 저를 이용하세요. 미국에 처음 와서, 인간이 혼자 산다는 것이 얼마나 힘든 일인지 뼈 속 깊이 깨우쳤어요. 제가 먼저 미국에 왔으니 말씀만 하세요. 미국 구경은 제가 시켜드릴게요."

화자를 집에 내려 주고 진성은 깍듯하게 인사를 한다.

"오늘 정말 좋은 시간이었습니다."

"네에, 저도요 감사합니다."

"그럼 내일이 일요일이니까, 우리 도시 외곽으로 나가십시다. 내일 아침 10시까지 모시러 옵니다."

화자에게 손을 흔들며 떠나는 모습이 이상하게 익숙하다. 참 편안한 사람이다. 그런 생각을 하며 들어서자, 숙자 언니가 따발총을 쏘듯 질문을 쏟아 낸다.

"하지만 언니, 자신이 없어, 그냥 정우만 바라보고 살고 싶어, 아직 정우아빠가 내 마음에 있는데 이런 마음으로 누굴 만나겠어, 그런데 사람은 좋아보였어"

화자가 말끝에 여운을 남기자 숙자 언니가 바짝 달라붙는다.

"화자야, 정우아빠만 끌어안고 살기엔 남은 날이 너무 길어, 금방 어떻게 하라는 거 아니니까 좋은 마음으로 한 번 만나나 봐"

남편이 죽은 이후 처음으로 정말 달콤한 숙면을 했다.

"화자야, 일어나라 어서 어서! 어제 만난 분이 지금 데리러 온다고 전화가 왔어!"

숙자 언니의 성화에 못 이기는 척 외출 준비를 하는데, 숙자 언니가 자기 방에서 이 옷 저 옷을 가져다가 입혀보고 벗겨보고 야단이 났다.

"귀걸이는 이걸 걸어라. 목걸이는 좀 화려하게 이걸로 해라."

화자가 사양하며 청바지에 티셔츠 차림으로 나가자 진성이 환한 얼굴로 반긴다.

"안녕히 주무셨어요?"

화자 또한 얼굴 가득 미소를 지으며 대답을 한다.

"아, 네에, 아주 잘 잤네요."

숙자 언니가 몰래 내려다보다가 손뼉을 치며 좋아하는데, 화자는 언니의 시선을 의식하여 얼른 그 자리를 벗어나고 싶었다.
"우리 화자가 행복했으면 좋겠어, 제발! 빨리 모든 것을 다 떨쳐버리고 일어나라."
동생의 불행 앞에 숙자는 혼잣말을 한다.
9W 도로는 온통 단풍이 들어 태곳적 신비와 절경들을 자아내고 있었다. 화자는 비경을 바라보며 하마터면 탄성을 지를 뻔했다.
갑자기 같이 일하는 언니가 했던 말이 생각났다.
"미국에선 운전 못하면 지옥이야 지옥, 나는 이혼하고 싶어도 운전을 못해 참고 살았는데 이제 면허 따서 9W 도로를 마음껏 달리니까 살 것 같더라고"
화자는 마치 그림 속으로 빨려들어 가는듯한 착각을 일으키며 혼잣말을 중얼댄다.
'한국에서 살 땐 한국만 아름다운 줄 알았는데, 미국에 와보니 미국도 아름답구나!'
진성도 화자의 기분을 눈치 챘는지 유쾌하게 말을 건넨다.
"잘 나오셨지요? 덕분에 저도 좋은 시간을 보냅니다."
"아유! 정말 아름다운 곳이네요."
"요 밑에 아주 아름다운 호수가 있는데 우리 거기 가서 잠간 쉬었다 갑시다."
"어머! 저기 오리 가족이 지나가네요."
엄마 오리가 앞장서고, 새끼 오리 다섯 마리가 꼬리를 흔들며 뒤따라가고 있다.

화자는 정우가 생각이 나 물살을 헤치며 나아가는 오리 가족을 바라보고만 있다.

진성 역시 딸 미영이가 생각이나 말을 못 잇고 생각에 잠긴다.

침묵을 깨고 진성이 넌지시 화자의 손을 잡는다.

"내가 잘 해줄게요. 슬픈 생각은 이제 하지 말아요."

화자의 손끝이 파르르 떨리자 진성이 살포시 화자를 안아 준다. 오랜만에 느껴보는 따스함이다. 화자는 그만 넋이 나갈 뻔했다.

진성에게서 뿜어져 나오는 포근함과 따스함…….

"자, 이제 미국에 왔으니 유명한 핫도그 집에 가서 미제 핫도그 좀 먹어봅시다. 아이스크림도 미제로다가 먹어보고! 하! 하! 하!"

분위기를 바꾸며 밝게 말하는 진성에게서 화자는 다시 한 번 지성미를 느낀다.

진성이 계속 재미있는 이야기를 한다.

"응급실에 남자 환자들이 잔뜩 있었는데, 원장이 예쁜 간호사를 응급실에 들여보내라고 시키더래요, 그러자 환자 몇 명이 예쁜 간호사에게 눈을 돌리더래요, 그래서 사람들이 물었대요. 죽어가는 마당에 웬 예쁜 여자 얘기냐고. 그랬더니 원장이 하는 말이 예쁜 여자를 보고 눈을 돌린 남자는 죽지 않는다고 하더래요."

"어머, 왜요?"

"그야 그만큼 삶에 의욕이 생겼다는 거지요."

"어머머, 호! 호! 호!"

"핫! 하! 저도 지금 의욕이 마구마구 생기고 있어요."

이번엔 화자가 말을 잇는다.

"수사반장이 범인을 빨리 잡을까요? 형사 콜롬보가 빨리 잡을까요?"

"어…… 글쎄요. 잘 모르겠는데요?"

"수사반장이 더 빨리 잡아요."

"아니, 왜요?"

"왜냐면, 수사반장은 30분하고, 형사 콜롬보는 한 시간 방영하거든요."

"아! 하! 하! 하! 그거 말 되네요!"

핫도그를 먹으며 화자의 입에 묻은 케첩을 닦아주는 진성의 자상함에 화자는 자꾸만 마음이 끌렸다.

아니, 흔들리고 있었다.

진성은 아주 익숙한 몸짓으로 화자를 보살펴주었다. 화자는 자신을 어이없어하며 도리질을 친다.

정우 아빠를 그렇게 사랑했는데 1년도 안되어서 다른 사람에게 호감을 갖다니, 그리곤 다시 정우 생각에 잠기자, 진성이 눈치라도 챈 듯 다음 코스로 가자며 화자의 손을 잡는다.

"남한산성과 똑같은 코스가 있어요. 베어마운틴이라고, 남한산성과 너무 분위기가 비슷해요. 거기 갑시다. 우리!"

화자는 차에서 커피를 마시며 지금 이 순간, 이 경치를 즐기고 있었다. 순간순간 정우 생각이 나서 목이 마르기도 했지만, 싫지 않은데 억지로 싫은 척하지는 말자고 자신을 타이른다.

베어마운틴에 와보니 정말 한국에 있는 남한산성 같다. 뭔가 새로운 결심을 하며 살아가도 될 것 같은 희망이 솟는다.

이런 날이 올 것 같지 않았는데, 너무나 빨리 왔음에 화자도 놀란다. 진성은 저녁까지 먹고 가자며 설렁탕집으로 이끈다.

"집에 가야 아무도 없어요. 불 꺼진 빈 집에 들어가기가 너무 싫더라고요."

"우리 낮엔 미제 먹었으니 저녁엔 국산 먹읍시다. 음식은 역시 한식이 최고에요."

설렁탕이 나오자 진성은 화자 앞에 파가 담긴 그릇을 내밀며 화자 그릇에 파를 듬뿍 넣어준다 그리곤 깍두기를 얹어서 어찌나 맛있게 먹는지, 화자도 없던 입맛이 돌 지경이다.

화자가 밥을 남기자 진성이 화자의 밥까지 말아 다 먹는다. 식성도 까다롭지 않아 보이고, 화자는 진성을 바라보다 문득 정우와 남편 재철의 모습이 겹쳐가는 것을 느낀다.

지금 이 현실이 내게 벌어지는 일이 맞는가?

손등을 꼬집어본다.

재철은 고기종류 보다는 생선을 더 좋아했다. 특히 꾸들꾸들 말린 생선을 쪄서 양념장을 끼얹어 주면 손가락을 쪽쪽 빨며 맛있게 먹고는 했다.

항상 남편의 식성에 맞춰서 반찬을 장만했던 일이 화자에게는 먼 옛날처럼 아득하게 느껴진다.

이렇게 남편의 모습이 지워지지도 않았는데, 어떻게 이 사람을 만난단 말인가!

남편이 마지막 집을 나서던 날이 떠올라 화자는 갑자기 우울해진다. '준하 오빠가 없어진 것처럼, 또 남편처럼 이 사람도 없어지면

어떻게 하나?'

 생각이 여기에 미치자 화자는 정우만 잘 키우며 살기로 마음을 다잡는다.

 '아마도, 나는 남자 복이 없는 모양이다. 내가 사랑하는 남자들은 다 내 곁을 떠나지 않았던가! 진성에게 정을 붙였다가 또 그마저 떠나면 그때는 정말 살 수 없을 것 같아…….'

 화자는 자신이 나쁜 운명을 타고난 것 같아 아무 생각 않고 정우만 잘 키우기로 마음을 먹었다.

 진성의 먹는 모습을 초점 없이 바라보는데, 진성이 수저를 놓는다.

 "아하, 정말 잘 먹었다. 역시 한국 사람은 밥 힘으로 살죠! 밥 힘!"

 손수건을 꺼내 땀을 닦는 진성의 모습이 좋아 보여 또 마음이 흔들린다.

 "저도 맛있게 잘 먹었어요."

 화자가 인사를 하며 일어서자 진성이 의자를 빼준다. 화자의 집 앞에서 진성이 화자의 등을 다독다독 토닥이며 안아준다.

 "잘 자요."

 "네, 조심해서 가세요."

 돌아서는 진성을 보며 화자는 자꾸 마음이 기울고 있음을 느낀다.

 '이 사람은 왜 이리 달콤한가! 참 다정하고 매력적이다!'

 집에 오자 숙자 언니가 무릎을 바싹 대고 앉아 이것저것 묻기 시작한다.

 화자가 싫지 않은 목소리로 대강대강 대꾸하자 궁금한 게 풀릴 때까지 놓아주지 않을 기세다.
　며칠 뒤, 누가 벨을 눌러 나가보니 진성이다.
　"낚시를 갔다 왔는데 싱싱한 횟감을 보니 화자 씨가 생각이 나서요. 이 댁에서 회를 떠서 같이 먹으면 안 되겠습니까?"
　아무래도 숙자 언니와 미리 내통한 눈치다.
　싱싱한 회와 매운탕이 즉석에서 끓여지고, 동생들까지 온 식구가 모여 맛있게 먹고 있다.
　분위기가 어째 상견례 하는 자리 같다는 생각이 들자 화자는 내심 미소를 짓는다.
　형부와 동생들은 소주도 한 잔씩하고 분위기가 무르익어 간다. 밤이 늦어 가는데 서로 '조금만 더' 하는 진지한 분위기가 느껴져 화자가 어렵게 입을 뗀다.
　"저어, 내일 일들 하려면 그만 일어나는 게 좋겠어요."
　진성이 눈치를 보며 얼른 일어난다.
　화자가 무안할 정도로 빨리 일어나며 매너 있는 미소를 지어준다.
　"사실 일어나려고 했습니다."
　미안해하는 화자에게 편안함을 주는 진성의 마음 씀씀이가 화자의 마음을 다시 뒤흔든다.
　토요일 오후 미용실에서 일을 하다가 창밖을 내다보니 낯이 익은 사람이 손을 흔들어댄다. 진성이 약속도 없이 기다리고 있었던 모양이다.
　"뒤처리는 내가 할 테니 너는 얼른 퇴근해."
　숙자 언니에게 떠밀려 진성에게로 가며, 화자는 내심 '이 사람을 내가 기다리고 있었구나.' 깨닫는다.

　진성이 바다가재를 먹으러 가자며 에찌워러로 향한다.

　"바다가재는 처음 먹어 봐요."

　"그래요? 저도 실은 이번이 두 번째에요."

　진성은 화자가 먹기 편하도록 바다가재의 살을 발라 연신 화자의 접시에 얹어준다.

　'흔들리는 여심을 어찌할꼬!' 화자 혼자 피식 웃는다.

　진성이 식사를 마치고 허드슨 강변을 걷자고 한다.

　"한국 살 때 사업에 실패한 뒤 빚쟁이들 때문에 살 수가 없었어요. 매일 빚쟁이들이 찾아와 행패를 부리자, 아내가 그걸 못 이기고 결국엔 이혼하자고 하더군요. 아이도 자기가 키우겠다고 하고요. 그래서 빈털터리로 미국에 건너와 살게 되었어요."

　"그러셨군요."

　"우리 서로 상처를 싸매주며, 그렇게 의지하고 살면 안 되겠습니까?"

　"저는 애 엄마에요, 아이만 잘 키우며 살고 싶어요."

　"여자 혼자서 아이를 키우기엔 세상이 녹록치 않아요. 내가 옆에 있을게요. 바람막이가 되어줄게요."

　"누구의 여자가 된다는 것이 두려워요, 정우 아빠도 영원히 내 곁에 있을 거라 믿었었는데……"

　진성이 화자를 가만히 안아주자 화자가 흐느껴 운다. 진성 역시 정애와 미영을 생각하며 그간의 외로움으로 코끝이 빨개진다.

　"미국에 처음 왔을 때, 아내에게서 쫓겨났다는 생각 때문에 많이 힘들었습니다. 한창 재롱을 부리기 시작한 미영이가 보고 싶어 많이 방황도 했고요."

"네에……"

"이젠 안정된 생활을 하고 싶어요. 화자 씨와 함께라면 잘 해낼 자신도 있고요."

진성은 미영의 얼굴을 떠올리고, 화자는 정우의 얼굴을 떠올리며 서로의 사정을 공감하고 있었다.

따스한 진성의 품에 안겨 그간의 서러움을 쏟아내고 있을 때, 진성이 화자의 얼굴을 자기에게로 돌리며 눈물을 닦아주고 이마에 살포시 입을 맞춰준다.

"화자 씨 눈에서 눈물 흘리게 안 할게요."

화자는 감전된 듯 몸을 파르르 떨며 마비된 몸과 마음을 추스르려하는데, 진성이 다시 힘껏 화자를 끌어안아 준다.

화자는 이제 더 이상 저항할 힘이 없음을 자인하고 말았다.

'그래, 서로 기대고 살아보자, 서로 아픔 있는 사람끼리 보듬어주며 살아보자.'

애들 말처럼 큐피드의 화살에 맞은 듯 화자의 모든 감각은 진성이 이끄는 대로 따라가고 있었다. 직장에서도 하루 종일 진성의 달콤한 속삭임들이 생각났다.

환하게, 호탕하게 웃어주던 얼굴이 떠올랐다.

사랑이 이렇게 쉽게 변하는 것인가?

남편에 대한 미안한 마음을 애써 잊으려 진성이 들려줬던 유머들을 생각한다.

'이렇게 외로운 미국 땅에서 남자 혼자 버텨내기 힘들었을 거야.'

'내가 잘하면 되겠지, 내가 먹은 맘 없이 진정성을 가지고 대하면 그 사람도 변심 없이 대해주겠지.'

'그런데 저 사람이 우리 정우를 친아들처럼 사랑해줄까?'

'그에게도 딸이 있다는데, 내가 그 아이를 친딸처럼 생각해줄 수 있을까?'

진성을 따뜻한 마음으로 바라보기 시작하자, 화자의 눈에 진성의 좋은 점들이 부각되기 시작한다.

어느 토요일, 진성이 드라이브를 가자며 기암절경 풍경 좋은 곳에 화자를 데려갔다.

'한국만 아름다운 줄 알았는데, 여긴 달력에서나 보았던 그림 같은 곳이네……'

소녀처럼 들뜬 눈으로 두리번거리는데, 갑자기 진성의 손이 화자를 잡는다. 그리곤 화자의 손에 반지를 끼워주는 게 아닌가!

무방비 상태로 습격을 당하듯, 화자는 진성에게 청혼을 당했다. 받은 게 아니라 당했다는 말이 맞다.

화자도 은근 기분이 좋아져 잘 조각된 화려한 반지에 눈길을 주고 있다.

"이 반지는 화자 씨를 생각하며 제가 디자인한 거예요."

"!……"

"당신을 생각하며 만들었어요."

"!……"

화자는 못 이기는 체 진성의 어깨에 살폿 기대며 떨리는 마음으로 반지를 내려다보고 있다.

'정녕 큐피드의 화살이 내 가슴을 관통했구나!'
'이 운명 같은 사랑을 놓치고 싶지 않다.'
'그의 따스한 체온을 오래오래 느끼고 싶다.'
'아! 나도 사랑하고 싶다!'

화자의 마음을 읽기라도 한 듯, 진성이 화자에게 뜨거운 입맞춤을 한다.

그동안의 상처를 쓰다듬어주듯, 그동안의 눈물을 닦아주기라도 하듯, 그들은 아주 오래된 부부처럼 서로에게 익숙하게 젖어들고 있었다.

진성이 재미있는 소리를 한다며 난데없는 개미와 베짱이를 들먹인다.

"개미와 베짱이 팔자가 이제는 바뀐 거 아시죠?"
"어떻게요?"
"개미는 너무 부지런히 일만 하다가 허리를 다치고 말았대요?"
"어머! 저런!"
"베짱이는 여름내 노래연습을 해서 CD를 냈는데 그게 히트처서 큰 부자가 됐대요."
"그 다음엔 요?"
"개미는 침을 맞고 나아서 다시 열심히 일해 부자가 되었대요."
"그럼 베짱이는요?"
"베짱이는 흥청망청 탕진해서 다시 거지가 되어 개미집에 돈 꾸러 왔더래요."

"하! 하! 하!"

"호! 호! 호!"

'사랑이란 이렇게 두 마음이 한 마음이 되는 거지…….'

화자의 가슴에 불꽃이 일기 시작한다.

"지하철에서 젊은 청년이 사람들에게 밀려 할머니 무릎에 앉게 됐는데 이 할머니가 청년에게 성폭행을 당하고 있다고 소리를 질러 사람들이 뜯어 말렸대요."

"네에?"

"푸 하! 하! 하!"

다정하게 어깨를 감싸 안고 낙엽을 밟으며 걷고 있다.

서로의 마음에 각자의 고민이 지나간다. 미영을 생각하고, 정우를 생각하고, 미영의 엄마가 생존해 있다면 나중에 문제가 되지는 않을까, 지레 겁을 먹어보기도 하고, 정우에게도 아빠가 필요할 거야, 자위를 해보며 이제 화자는 진성을 포기할 수 없음을 깨달아 간다.

다음 날, 숙자네 집에선 아름다운 다툼소리가 들린다.

"처제가 알아서 결정하게 서두르지 말아요!"

화자의 형부가 숙자 언니를 나무라며 화자를 거든다.

"당신은, 모르는 소리 말아요, 오늘 반지를 끼워줬다지 않아요!"

'반지를 빼서 돌려줄 용기가 없었던 걸까? 아님 원하고 기다렸던 것일까?'

화자는 스스로의 마음을 물어보고 살펴본다.

숙자 언니는 이 소식을 한국에 계신 엄마에게 알렸고, 엄마에게서 전화가 걸려왔다.

"화자야, 정우 걱정일랑 말고 너만 행복하게 살면 된다. 정우는 내가 잘 돌보아 주마, 네 아버지가 살아계셨더라면 백번 네가 재혼하길 바라셨을 거야!"

"그래, 화자야, 네가 잘 살아야 정우도 좋은 거야!"

온 가족의 성화에 못 이겨 화자도 마음을 정했다.

숙자 언니가 처녀 총각 만나는 것도 아닌데, 뭐 미루고 늦출 거 있느냐고 서두르는 바람에 급히 날짜가 잡혔다.

가족들만 모여 숙자 언니 집 정원에서 조촐한 결혼식이 열렸다.

화자도 진성도 여러 가지 생각이 교차하며 지나갔지만, 이제는 새 출발하여 앞만 보고 달려가기로 마음을 다잡았다. 식사를 마치고 여흥의 시간이 왔다.

신랑 신부가 정원 중앙에서 블루스를 추고 있다.

"나만 바라 봐야 돼요?"

진성을 올려다보며 화자가 속삭인다.

"늘 당신 곁에서 당신만 바라보며 살게요."

진성의 눈에 따스한 눈물이 고인다.

"난 고생해도 행복하게 살 수 있어요. 당신이 배신하지만 않는다면 ……."

"걱정하지 말아요. 난 당신만 있으면 돼요. 당신 옆에만 있을 거예요."

진성의 달콤한 말들을 들으며 화자는 생각한다.

'진성이 이 말을 언제까지 기억할 수 있을까?'

"진성 씨, 죽음이 우리를 갈라놓을 때까지 우리 건강하게 오래오래 살아요."

두 사람은 더욱 세게 서로를 꼬옥 안아준다.

서로를 포옹한 채, 둘은 속으로 서로 다른 이름을 부른다.

'정우야 …….'

'미영아 …….'

소나기가 지나간 뒤의 맑은 하늘처럼, 화자의 마음에서 먹구름이 걷혔다.

두 번이나 웨딩드레스를 입게 된 화자는 내게 더 이상의 남자는 없다며 진성과 오래오래 행복할 수 있게 해달라고 마음속으로 빌고 또 빌었다.

진성과 화자는 숙자 언니 집 근처에 집을 구하여 신접살림을 차렸다.

뒷마당에 텃밭이 딸린 깨끗한 집을 구해, 들깨도 심고 상추도 심고 고추와 토마토도 심었다.

진성도 화자도 열심히 일을 했다.

서로의 아픈 데를 건드리지 않도록 배려하고 조심하며, 이게 사람 사는 거지, 이게 행복이지 감사하며 든든한 가정을 꾸려가게 되었다.

되찾은 가정의 따스함, 보금자리에 대한 소중함을 누구보다 잘 아는 두 사람이 아닌가!

진성도 화자도 시간만 나면 텃밭에 나가 풀도 뽑아주고 물도 주고, 벌레도 잡아주며 정성을 다한다.

식탁에 고추 상추 쑥갓이 수북이 쌓여있다.

"미국에서도 이렇게 풋고추와 상추쌈을 먹을 수 있다니 신기하기만 해요."

화자가 먼저 큼직한 쌈을 싸 진성에게 넣어준다. 진성도 뒤질세라 더 크게 쌈을 싸 화자의 입에 넣어준다.

"시어머니 앞에서는 상추쌈 크게 싸먹지 말랬어요."

"아니, 왜?"

"쌈이 너무 크면 자연히 눈을 흘기며 씹게 되니까, 오해 살까 봐 그러죠."

"하! 하! 그러겠네!"

가정이라는 울타리, 남편과 아내의 자리가 얼마나 아름답고 소중한지를 새삼 깨달아 가고 있었다.

며칠째 소화가 되지 않고 몸이 오슬오슬 춥다며 화자가 자꾸 누울 자리를 찾자, 숙자 언니가 눈이 휘둥그레지며 묻는다.

"너 혹시?"

"어? 나, 뭐?"

그러고 보니! 화자가 깜짝 놀라며 아랫배에 손을 가져다 댄다.

숙자 언니의 권유로 산부인과에 다녀온 화자가 싱글벙글 진성이 데리러 오기를 기다리고 있다.

'뭐라고 말해야 더 감동적이고 극적일까?'

화자는 진성의 반응을 상상하다 미장원 소파에 누운 채 잠이 들어 버렸다.

화자의 임신 소식에 진성은 뛸 듯이 기뻐했다.

이제 비로소 진짜 부부가 된 듯 뿌듯한 모양이다.

'내가 새로운 생명을 잉태했구나!'

화자 또한 자기가 여성으로서 어머니로서 새로운 인생을 시작한 것에 대해 감사가 넘친다.

그동안 혼자 사는 게 얼마나 외로웠던지, 진성은 집 앞에만 나가려해도 화자를 데리고 다니려 했다.

무얼 해도 같이 하며 꼭 붙어 다니는 화자 부부를 보며 숙자 언니는 흐뭇해했다.

화자의 배가 봉긋하게 불러오면서, 진성은 화자의 임신한 모습이 너무나 아름답고 성스럽기까지 하다며 매일 사진을 찍어대고 야단이 났다.

다행히 입덧도 심하지 않고 뭐든지 잘 먹는 화자를 보며 진성은 아기가 성품이 좋은가 보다며 신기해 한다. 매일 매일 뭐가 먹고 싶으냐? 뭘 사가지고 들어갈까? 물어보고 화자가 먹고 싶다면 득달같이 대령한다.

진성의 이런 자상한 모습을 바라보며 결혼을 잘했다 싶은 화자다. 행복에 빠져 헤어 나오지 못하다가도 정우와 통화를 하고 나면 가슴 한쪽을 납덩이같은 것이 누르고 있는 것만 같다.

노산임에도 화자는 순산을 했다. 아주 눈이 똘망똘망한 여자아기다. 진성이 미주라고 이름을 지어놓고 계속 불러댄다.

"미주 공주님, 내가 아빠에요, 대답 좀 해보세요!"

진성이 좋아 어쩔 줄 몰라 한다. 일이 끝나기가 무섭게 집에 돌아와 미주와 놀아준다. 미주는 아주 영특했다. 눈매가 진성을 쏙 빼 닮았다.
 "딸은 아빠를 닮아야 잘 산대, 하! 하! 하!"
 웃음이 그치질 않는다.
 화자는 이보다 더 행복할 수 있을까! 감사하여 열심히 돈을 모았다. 얼른 돈을 모아 정우를 데려오고 싶은 마음에서다.

7

재회,
갈등의 시작

'사랑하는 내 아들을 저렇게 찬밥덩어리 취급을 하다니! 저 어린 것을 두고 내가 왜 딴 마음을 먹었던가!' 돌아오는 차 안에서 말 한 마디 없이 앉아 울고 있는 화자를 보며 진성은 무슨 생각을 하고 있었을까?

정우가 초등학교 1학년이 되던 여름방학,

화자 엄마가 전화를 걸어왔다.

"얘 어멈아, 정우도 엄마 냄새라도 맡아 봐야지, 가여워서 안 되겠다."

목소리로만 듣던 내 아들! 사진으로만 보던 정우가 드디어 케네디 공항에 도착하던 날, 화자는 정신없이 소리를 지르며 아들을 반겼다.

"정우야! 정우야! 여기야 여기!"

정우도 엄마를 알아보고 어리둥절 희미하게 웃으며 다가온다.

스튜어디스에게 고맙다고 인사를 하고 얼른 화자 품에 안긴다.

이게 얼마만인가! 하염없이 눈물이 쏟아지는데, 그 와중에 화자는 진성을 의식하며 정우에게 진성을 아빠라고 소개한다. 정우가 아빠의 얼굴도 모르니 그렇게 하자고 진성과 이야기가 되었기 때문이다.

화자가 진성의 눈치를 보자 진성이 그제야 정우를 안아주며 반갑다고 인사를 한다.

그렇게 잘해줄 것처럼 하더니 막상 정우가 나타나자 진성은 미주에게만 매달렸다. 화자는 정우의 방을 꾸며놓고 정우를 기다렸다. 침대를 들이고, 옷장과 책상, 정우가 먹을 밥그릇 물 컵, 강아지도 사놓았다. 진성이 모르게 정우의 옷을 사면서,

'왜 내가 진성 모르게 하지?' 생각했지만 왠지 그래야 될 것 같은 생각이 들었다.

그동안 못 해준 것, 마음에 걸렸던 것들을 하나하나 장만해 놓고 정우를 기다렸다.

정우는 강아지를 보며 너무너무 좋아했다. 미주와 같이 강아지를 데리고 노는 모습을 보며 좀 비싸서 망설였던 기분이 다 사라진다.

정우가 미주를 얼마나 잘 챙기는지 화자는 속으로 대견하고 기특했다.

'제 아빠를 닮아서 애가 저렇게 성격이 좋구나…….'

사람 좋은 재철의 모습이 떠오르자 속으로 뜨끔했다. 그리고 보니 벌써 퇴색해 버린 이름 재철…….

화자는 정우에게 뭘 좀 더해줄까, 뭘 좀 보여줄까 여념이 없었다. 어린 녀석이 얼마나 엄마가 그리웠을까!

화자는 진성을 재워놓고 정우의 방에 누워서 이야기를 주고받는다. 참 오랜만이다.

"정우야, 엄마 많이 보고 싶었어?"
"응."
"얼마큼?"
"하늘만큼 땅만큼"
화자가 정우를 끌어안고 도란도란 모자간의 정을 나누는데, 갑자기 문이 벌컥 열리며 진성이 서 있다.
잠이 안 온다며 얼른 나오라고 인상을 쓴다.
어이가 없지만 화자는 정우가 이상하게 생각할까 봐 정우에게 잘 자라고 키스를 해주고 얼른 나온다.
진성이 야속했지만 그냥 어리광으로 받아들였다.
'유치하긴……'
매일 밤 유난히 화자를 끌어안는 진성의 행동에 대해 이해하려고 애를 썼지만 이해가 안 갔다. 어린애를 상대로 진성이 질투를 하고 있는 거였다.
화자는 이런 상황을 어떻게 해결해야 할지 고민이 되었다. 이런 일이 벌어질 것 같아서 결혼 안하고 정우만 바라보고 살려고 했던 거다.
'가여운 내 아들!'
화자는 행여 정우가 눈치라도 챌까 싶어 전전긍긍한다. 정우가 진성의 눈치를 살짝 살짝 보는 것 같기도 했다. 화자는 안타까운 마음에 정우가 숙자 언니네서 지내는 시간을 많이 갖도록 했다.
다행히 조카들이 정우를 잘 데리고 놀아주었고, 핏줄이 당겼던지 정우도 '형! 형!' 하며 잘 따르고 쫒아다녔다. 숙자 언니의 아들들은 물론 혼혈이다.

 그러나 외모는 그다지 중요하지 않았다. 누가 가르쳐주지 않았는데도 사촌 형제라는 걸 아는 듯 서로를 보살펴주고 좋아한다.

 정우의 생일이 다가왔다.

 '아, 우리 정우가 벌써 8살이 됐구나!'

 정우 아빠가 살아있었다면 정우의 생일을 기억하며 얼마나 끔찍이도 챙겨줬을까?

 늦게 장가들어 본 아들이라 정우를 얼마나 예뻐했는지 모른다. 화자도 그렇게 사랑하고 예뻐해 줬는데, 고작 2년 살고 이별하려고 평생 줄 사랑을 다 쏟아 부었나보다.

 정우 아빠가 있었다면 생일 케이크다 선물이다 엄청 사줬을 텐데, 재철이 없는 이런 상황들이 너무나 안타까웠다.

 화자가 정우를 낳고 병원에 있을 때 어마어마하게 큰 꽃다발을 들고 찾아와 다른 산모들이 그렇게나 부러워했었는데, 속이 깊고 남자다웠던 재철에 대한 그리움과 아쉬움이 절절해진다.

 이래서 '자식은 둘이 낳아서 둘이 같이 키워야 한다.'고 했던가 보다.

 화자는 화장실로 가서 수돗물을 튼 채 서럽게 울다가 눈물을 닦고 환한 얼굴로 다시 나왔다.

 조카들과 정우와 함께 케이크를 자르며 정우의 코에 케이크를 발라주고 박수를 치며 축하해 주었다.

 사진도 찍어주고 조카들이 축하 노래도 불러주고 선물도 주자 정우의 표정이 환해진다.

엄마의 품에 안겨 행복해 하는 아들을 보며
'내가 이 어린 것의 행복을 너무 쉽게 포기한 것은 아닌가!' 후회가 된다.
진성은 역시 정우의 생일을 기억하지 못했다.
정우가 미국에 오기 전에 말을 해줬는데…….
어쩔 수 없는 계부의 입장도 생각해 본다.
진성도 아버지인지라 화자가 정우에게 잘해주는 모습을 보면 미영이가 보고 싶다며 시무룩해지곤 했다.
그럴 때마다 화자는 무슨 남자가 저렇게 속이 좁을까 서운하게 느껴졌다. 화자가 진성의 마음을 다 알 수 없듯, 진성도 화자의 마음을 다 헤아릴 수 있겠는가!
진성은 자리가 잡혀가자 한국에 있는 미영모녀에게 생활비를 보내주기 시작했다.
미영이 소식을 들었어도 화자에게는 내색을 하지 않는다. 화자는 둘 사이에서 미묘한 갈등을 느끼며 더 골이 깊어지기 전에 바로잡아야 할 텐데 조급하고 불안한 마음이 든다.
정우는 여름방학이 끝나자 다시 한국 할머니에게 갔다. 정우를 보내고 화자는 공항 한 쪽에 앉아 하염없이 눈물을 흘렸다.
'사랑하는 내 아들을 저렇게 찬밥덩어리 취급을 하다니! 저 어린 것을 두고 내가 왜 딴 마음을 먹었던가!' 돌아오는 차 안에서 말 한마디 없이 앉아 울고 있는 화자를 보며 진성은 무슨 생각을 하고 있었을까?
다시 일상으로 돌아오자 화자는 진성에게 더 지극정성을 쏟았다.

다음에 우리 정우가 오면 더 잘해주길 바라는 마음이 포함되어 있었다.

해마다 여름방학 홍역을 치렀다. 화자는 그렇게라도 정우와의 만남이 이뤄지는 것으로 감사했다.

정우에게 너도 삼촌도 있고, 사촌 형제도 있고, 이모도 있고, 동생 미주도 있다는 사실을 알려주고 싶었다.

너는 혼자가 아니라는 사실을 알게 해주고 싶었다.

아빠가 있다는 든든함을 느끼게 해주고 싶었는데…….

매번 진성의 눈치를 보는 것이 성가시고 가슴 아팠다. 어떻게 해야 정우와 진성이 가까워질 수 있을지 항상 신경이 쓰였다. 진성에게 섭섭한 마음, 미운 마음이 생기려 했지만 가까스로 마음을 추슬렀다.

진성이 적어도 미주에게는 얼마나 좋은 아빠인가! 화자는 그것만으로도 감사하며 살자고 스스로를 달래며 위로한다.

그렇게 10년 세월이 흐르고 2003년 겨울, 진성은 화자와 의논 끝에 한국행을 결심한다. 화자가 한국행을 결심한 데는 정우에 대한 마음이 큰 부분 차지했다.

그러나 숙자 언니 일을 생각하면 이런 상황에서 언니만 두고 귀국하는 것이 마음에 걸렸다. 언니에게 불행한 일이 생겼기 때문이다.

어느 저녁, 숙자 언니 집에 볼일이 있어서 들렀는데, 숙자 언니가 술에 만취하여 몸부림을 치며 울고 있는 게 아닌가!

자세한 이야기를 들어보니 형부에게 여자가 생겼다는 거였다. 숙자 언니와 형부는 그 때 미용실을 운영하면서 배우들의 분장을 하러 다녔다. 사업이 잘되어 대규모의 미용실도 차려 놓고, 직원들을 데리고 배우들의 촬영장소로 이동하여 분장도 해주고 머리도 해주고 하는 일을 하고 있었다.

워낙 바쁘니까 미용사들을 데려다 주는 일을 숙자 언니가 할 때도 있고, 형부가 할 때도 있었는데, 그만 이것이 화근이었던 것이다. 미스 정이라는 직원과 대놓고 데이트를 하게 한 꼴이 된 거다.

숙자 언니에게 기술을 배우고, 언니 언니하면 따르던 애가 돌변하여 둘이 같이 살겠다고 이혼해 달라고 덤벼들고, 화자의 형부도 완전 돌아버린 사람처럼 합세하여 언니를 공격하니 숙자 언니 심정이 오죽하였겠는가 말이다.

"세상에, 세상에, 머리 검은 짐승 거두지 말랬다더니, 내가 저에게 어떻게 해줬는데, 은혜를 원수로 갚아도 유분수지, 내 남편을 내놓으라고 큰소리를 치더라, 그년이!"

화자의 형부 토마스는 아예 대놓고 외박을 하고, 언니는 자존심이 강해 화자에게 조차 사실을 밝히지 못하였던 거다.

미국 사람하고 결혼한다고, 미스코리아 진되더니 시집도 잘 간다고, 아현동 골목이 떠들썩하도록 소문을 내고 온 시집인데, 그보다 이제 어떻게 살아야 할지, 언니는 이혼녀라는 닉네임이 따라 붙는 게 싫어서, 또 아이들에게 험한 꼴 안 보이고 키우고 싶어서, 어떻게 하든 형부를 설득해 보려고 했던 모양이다.

몇 날 며칠을 덫에 걸린 짐승처럼 울부짖던 숙자 언니가 어렵게 용단을 내렸다.

"나 싫다는 놈 붙잡고 늘어져본들 뭐하겠니? 남은 자존심이라도 붙잡고 살련다."

화자는 숙자 언니의 상황이 좀 정리될 때까지 한국으로의 결정을 보류해 볼까 생각도 했지만 뭐든지 때가 있는 것이 아닌가!

눈이 퉁퉁 부어있는 언니를 보며 화자는 자기도 모르게 "토마스 이 마귀새끼!" 하고 욕을 할 뻔했다.

그렇게 처가식구들에게도 살갑게 잘 해주던 사람이, 늘 인자하고 훈훈하고 다정하던 형부가 어떻게 저렇게 순식간에 돌변할 수 있다는 말인가!

왜 이런 일이 일어나는 것인지? 부모의 죄인지? 조상의 죄인지?

화자와 숙자 언니, 화자는 자매의 기구한 운명이 서글프기만 하다.

한국에서 정우가 사관학교에 합격했다는 통보가 왔다. 언니 때문에 눌려있던 암울한 마음들이 언제 그랬느냐는 듯 행복해졌다.

극과 극, 지옥과 천국을 넘나드는 기분이 아마도 이렇지 않겠는가!

화자는 숙자 언니에게 같이 한국에 들어가 살자고 권했다.

숙자 언니는 더구나 이런 꼴로 한국에 들어갈 수는 없다고 했다.

아이들을 떼어놓고 한국에 가서 그 애들을 못 보고 숨이나 쉴 수 있겠느냐고 했다.

한국 떠난 지 벌써 얼만데 어디 가서 뭐해 먹고 살겠느냐고 했다.

언니와 동생들을 두고 떠나는 것이 마음 무거웠지만, 한편 정우를 만날 수 있다는 기쁨에 화자는 새로운 희망과 행복이 샘솟는 것을 억제할 수 없다.

'내 아들 정우! 세상에 하나밖에 없는 내 아들 정우!'

진성은 미영이 이화여자대학교에 당당히 합격했다는 소식을 듣고 구름 위에 떠다니는 사람처럼 들떠 있다.

하루빨리 한국으로 들어가자고 재촉을 해댔다.

그동안 못 다한 아빠 노릇, 미영을 만나 마음껏 아빠노릇을 해주고 싶어 일이 손에 걸리지 않는 모양이다.

진성과 화자는 서둘러 집과 사업체와 주변 정리를 했다. 급하게 파느라 시세보다 싸게 넘겼어도 제법 큰돈을 쥐게 되었다.

이렇게 되기까지 화자의 공로가 컸다.

맨 처음 진성이 사업을 하도록 숙자 언니가 사업자금을 보태주었고, 화자는 따로 네일아트를 운영하여 제법 보탬이 되었다.

한국으로 들어가기 전날, 화자와 진성을 위해 숙자 언니가 저녁밥을 준비했다.

숙자 언니는 화자가 잘 되어서 한국으로 돌아가게 되어 다행이라며 운다.

이럴 때 형부만 있었다면 뭐가 걱정이겠는가!

어째서 이 조그만 한 가정의 행복을 지키기가 이렇게도 어렵고 복잡하단 말인가!

화자는 언니가 가여워서 펑펑 울었다. 가게를 정리하며 숙자 언니를 위하여 값비싼 다이아반지와 반지, 예쁜 액세서리를 잔뜩 안겨주었다.

"언니, 나를 이렇게 잘 살게 해줘서 고마워" 하며 펑펑 울자.

"네가 이렇게 잘 되어서 가니 나도 너무 좋다, 그나저나 보고 싶어 어쩐다니!" 하며 펑펑 운다.

언니 설움, 동생 설움이 합쳐져 부둥켜안고 우는 자매를 지켜보며 진성이 난감한 표정으로 눈치만 본다.

"처형, 그동안 정말 고마웠어요. 제가 이렇게 사람구실하게 된 건 다 처형 덕분이에요."

"무슨 소리에요! 이렇게 잘 살아줘서 내가 고맙지요."

"영수야, 영재야, 이제 한국에서 만나자!"

"어, 누나, 한국에 가서도 매형하고 잘 살아"

형부 일만 아니면 이들의 이별이 얼마나 아름다운 장면이 되었을까?

금의환향하는 동생과, 동생을 부자 만들어 보내는 언니의 뿌듯함이 하늘을 찔렀을 터인데…….

그렇게 숙자는 미국과 언니와 동생들과 이별을 하고 짐을 싸느라 며칠을 바쁘게 보냈다.

8

귀국, 또 다른 불씨

"미영이와 미영이 엄마요."
화자는 얼떨결에 까딱하고 목례를 했다. 보아하니 오늘 처음 만난 것은 아닌 것 같고, 도대체 이들이 지금, 무얼, 어쩔 생각인가?

화자와 진성은 미주를 데리고 드디어 한국행 비행기에 몸을 실었다. 어쩐지 홀가분한 마음이다.

처음 미국행 비행기를 탔을 때 모습이 떠오른다.

'인생이 그렇게 슬프지만은 않은 거구나!'

10년이면 강산이 변한다더니 화자는 너무나 변해버린 서울의 모습에 격세지감을 느낀다. 어느 곳은 건물과 도로가 흔적도 없이 사라져 버렸다.

며칠 뒤 화자는 정우를 데리고 아현동 골목을 찾았다.

골목마다 다세대주택들이 빼곡하게 들어서서 어디가 본인이 살던 집터인지 분간할 수가 없다.

"이쯤이 엄마가 살던 곳이야. 요 아래에 인순네 복덕방이 있었고……."

화자가 어림잡아 가리킨 곳은 부모님이 쌀가게를 하시던 곳이다. 아현동 골목에 들어서자 어린 시절의 추억들이 주마등처럼 떠오른다. 화자네 집이 바라다 보이는 이쯤에 서서 준하 오빠는 늘 친구와 이야기를 하고 서 있었다.

 "준하 오빠가 여기 이쯤 벽에다가 '지화자 바보!' 라고 낙서를 해 놓은 거야, 나중에 알고 보니 내가 자기 마음을 몰라주는 것 같아서 그랬대. 호! 호! 호!"

 "아, 그게 그러니까 엄마의 첫사랑 이야기네요!"

 화자는 정우에게 친구들과 술래잡기를 하던 얘기를 무용담처럼 들려준다.

 "설마 남의 집 토광 속에 들어갈 거라 술래가 생각을 못 했던 거지, 우리는 아무리 숨어 있어도 찾으러 오질 않으니까 계속 숨죽이고 있었던 거고, 나중에 너무 배가 고파서 나와 보니 캄캄한 밤이더라, 다들 집으로 돌아간 뒤였어!"

 "하! 하! 하! 까딱했으면 실종 신고할 뻔 했네요!"

 아현동 골목은 화자의 세월을 되돌려 준하 오빠와의 행복한 시간들에 머물게 했다.

 '맞아, 그 땐 그랬는데……우리 정우가 이렇게 다 커서 엄마 첫사랑을 이해해주는 나이가 됐구나!'

 화자와 정우가 추억에 잠겨 있던 그 시각,

 진성은 미영 엄마 정애에게 연락을 하여 미영 모녀를 만나고 있었다.

 너무 많은 세월을 떨어져 지낸 이들 사이에 무거운 침묵과 어색함이 감돈다. 그저 묵묵히 밥을 먹다가 진성이 침묵을 깨고 말을 꺼낸다.

"미영이를 잘 키웠구려, 고맙소!"

진성이 어색함을 없애보려고 스테이크를 잘라 미영의 접시와 바꿔놓으며 먹으라고 권한다.

"당신 닮아 머리도 있고 얌전해요. 저 역시 당신에게 고마워요. 착한 딸을 주어서."

"아빠, 이렇게 잊지 않고 우리를 찾아줘서 고마워요."

미영의 한 마디에 진성이 울컥 눈물을 삼킨다.

"미영아, 하루도 너를 잊은 적이 없어, 믿어주길 바래, 그동안 고생 많았지, 이제 아빠만 믿어, 그동안 못 다한 아빠노릇 하려고 귀국한 거야."

진성이 미영에게 사과하며 앞으로 잘해보겠다고 큰소리를 치자 분위기가 환해진다.

부모자식이란 이런 걸까? 미영과 진성은 어제 헤어졌다 지금 다시 만난 것처럼 금방 친숙해진다. 진성을 바라보는 정애의 눈빛에 아련한 그리움들이 녹아내린다. 마치 월남전에서 살아 돌아온 남편을 만난 것처럼……

진성의 웃음 뒤에 미주와 화자가 숨어 있다가 불현듯 진성의 웃음을 끊어 놓는다. 미영이 화장실을 간 틈에 진성이 무겁게 입을 연다.

"재혼을 했소, 딸이 하나 있고, 그동안 미영이를 잘 키워줘서 고맙소, 다른 건 몰라도 살림할 돈과 미영이 학비는 내가 대리다."

"미주 엄마를 모른 척 할 수는 없소, 빈털터리 나를 위해 고생도 많이 했고, 그 사람도 나에게는 소중한 사람이오."

정애는 실망스러운지 고개를 떨어뜨린다.

진성과 화자는 쥬얼리 가게 자리를 찾느라 몇 날 며칠을 부동산을 찾아다니고, 조언 받을 친구들을 만나느라 정신없는 시간을 보냈다. 또 짬짬이 진성은 미영을 만나고, 화자는 정우를 챙기기에 바빴다. 드디어 몫 좋은 곳에 새로 가게를 인수하고 실내 인테리어도 근사하게 하여 제법 규모 있는 가게를 차렸다.

진성은 미영과 정애를 불러내어 가게를 보여주며 신이 났다.

미영과 정애도 가게를 둘러보고 부자가 된 느낌이라며 좋아하고, 진성은 그 모습에 우쭐해진다.

"미영아, 아빠만 믿어, 알았지!"

화자는 진성에게 무슨 일이 벌어지고 있는지 모른 채, 개업할 물건들을 준비하느라 바쁘다. 진열대를 맞추고, 소품들을 구입하고 거래처를 뚫느라 밤늦어서야 돌아오곤 했다. 진성이 처리할 일들도 많기 때문에 화자는 진성을 돕기 위해 힘든 일도 알아서 척척 해냈다.

"여보, 이제 가게 일은 나한테 맡기고 당신은 당신 좋은 취미생활이나 하며 편히 지내요. 미국에서 하루도 편히 쉬어보지 못했잖소."

진성의 말에 화자는 뛸 듯이 기뻐했다.

"고마워요, 당신 자리 잡을 때까지 당분간만 내가 도울게요."

화자가 진성의 볼에 뽀뽀를 해주며

"당신 돈 많이 벌면 나, 놀러도 다니고 그러게 용돈 많이 줘야 해요."

자기를 생각해주는 마음이 고마워 화자는 진성을 위해 매일 매일 맛있는 음식을 준비하며 아침엔 에어로빅도 다니고, 피부 관리실에 가서 마사지도 받고, 친구들을 만나 차도 마시며 미국에서는 해보지 못 했던 여유를 누리고 지냈다.

미용실에 가서 멋도 내보고, 미주와 정우를 앞세우고 백화점에 가서 진성의 옷도 사고 아이들 옷도 사들이며 돈 버는 재미, 돈 쓰는 재미에 푹 빠져 있었다.

'이게 얼마만의 일인가!' 화자는 정말 행복했다.

가끔씩 에어로빅을 같이 하는 팀들과 만나 차도 마시고 식사도 하게 되었다.

여자들이 모이면 화재의 대상의 누가 되겠는가!

우울증에서 벗어나기 위해 탈옥한 여인네들처럼, 그들은 서로를 이해하며 지루한 시간들을 공유하고 있었다. 행복해서 웃는 건지, 웃어서 행복해지려는 건지, 여자들의 목소리는 늘 한 옥타브 업 된 상태였다.

"언니, 나 다음 주부터 남편하고 여행가야 돼, 아유, 지겨워서 어쩌지?" 현정이 투덜대자 보라가 대꾸한다.

"얘, 남편과의 시간이 언제나 달콤한 건 아니야, 데리고 다닌다고 할 때 곱게 따라가라, 멀어지기 전에 지레 떨어지지 말고."

'부부가 함께 늙어 간다는 것은 뭘까? 저들의 가면은 멋있다. 가면을 벗은 뒤의 얼굴은 어떤 모습일까?'

에어로빅을 하는 친구들과 많은 시간을 보내면서 화자는 한국 생활에 익숙해 갔다.

에어로빅 선생은 늘 힘 있고 박진감 넘치는 곡을 선정해 지루한 여인들의 시간에 생기를 불어넣어 준다.

화자도 묻혀있던 끼를 발산하며 충동적으로 몸을 흔들고 격한 몸짓으로 땀을 쏟아낸다.

1시간 뛰고, 씻고, 정우를 불러내 미주와 함께 외식을 하고 쇼핑을 다니고…….

화자가 한국에 온 뒤로 숙자 언니는 자주 전화를 해왔다. 점점 목소리가 밝아지고 활력이 넘쳤다.

"언니 뭐 좋은 일 생겼어?"

화자가 묻자 숙자 언니가 주저하지 않고 주변 상황들을 알려온다.

"나 좋은 사람 생겼다. 한국 사람이야. 말이 통하고 감정이 통하고 정서가 통한다는 게 이렇게 좋은 줄 내가 예전엔 미처 몰랐더라! 호! 호! 호!"

설명하지 않아도 알고, 눈빛만 보아도 알고, 관습과 문화와 정서가 같다는 것은 살아가는데 너무나 편리한 구조가 아니던가!

사실 숙자 언니는 토마스와 이혼하면서 위자료를 한 푼도 받지 않았다. 숙자만의 자존심이고 여유이다.

물론 미국 사람으로서는 전혀 이해가지 않을 일이다.

숙자 언니에게 새로운 남자는 생명의 부활이었고, 활력이었고, 새로운 세상이었다.

화자에게 진성이 다가와 새로운 삶을 시작할 수 있었던 것처럼

8. 귀국, 또 다른 불씨 113

말이다.

　종족번식을 하게 하는 호르몬은 만나서 3년 정도 생성된다고 한다. 새로운 인연을 만났을 때 사랑에 빠져 황홀할 수 있는 기간이 고작 3년 이라니! 인간 수명을 80으로만 본다 해도 턱없이 부족한 양 아닌가!
　나머지 세월을 싫증난 채로 살아야 한다면 이건 너무 가혹하다는 생각이 든다. 그래서 가정을 깨면서까지, 그 삼년의 쾌락을 즐기려고 상대와 자식을 난도질해 죽이는 것일까!
　화자는 언니에게 짝이 생겼다는 사실에 한 짐을 내려놓은 기분이 들었다. 늘 혼자 사는 언니가 마음에 걸려 좋은 일 있을 때마다 혼자만 행복한 게 미안했다.
　화자의 가족이 한국생활에 익숙해지는 데는 많은 시간이 필요치 않았다.
　처음 한국에 와서는, 뉴스를 보다가도 미국이 어쩌고 하면 귀가 번쩍 뜨였었다. 아련한 향수처럼,
　그러나 화자도 진성도 본래 한국 사람이 아니던가!
　모국어를 사용하는 나라에서 산다는 것이 이렇게 행복한 것이구나, 화자는 새삼 감사하게 된다.
　아침을 제대로 뜨지 못하고 나간 진성이 걱정이 되어 화자는 정성껏 도시락을 쌌다. 음식이 식기 전에 맛있게 먹일 생각으로 서둘러 가게에 도착해 보니 많이 익숙한 얼굴이 앉아 있었다.
　'누구더라?'
　몇 초 정도 생각했을까? 화자는 순간 다리가 휘청하는 것을 느꼈

다. 강한 펀치에 맞아 정신이 몽롱해진 권투선수처럼 충격에서 헤어 나오지 못하고 있는데, 반면 미영과 미영 엄마는 소파에 느긋하고도 의젓하게 앉아 화자가 들어가도 전혀 놀라지도 않는 눈치다.

아예 제 집처럼, 화자가 손님이라는 듯……

진성이 아주 자연스럽게 인사를 시킨다.

"미영이와 미영이 엄마요."

화자는 얼떨결에 까딱하고 목례를 했다.

보아하니 오늘 처음 만난 것은 아닌 것 같고, 도대체 이들이 지금, 무얼, 어쩔 생각인가?

화자는 진성을 이해하려 했지만 섭섭한 마음이 치밀어 오르는 걸 어쩔 수가 없다. 이렇게 떳떳한 듯 대놓고 왕래할 사이는 아닌 것 같은데…….

세 사람 모두 당돌해 보였다. 화자는 진성의 그런 태도가 섭섭하여 눈물이 나오려는 것을 꾸역꾸역 눌러 참았다. 그렇다고 화를 낼 수도 없고, 웃을 수도 없고, 화자의 이런 태도를 느꼈는지 미영과 정애가 멋쩍게 일어나 나간다.

진성을 바라보자 화자는 심장이 벌렁거려 더 있을 수가 없었다.

숨이 '턱!' 하고 멎어버릴 것만 같다.

다리가 후들거려 더 서 있을 수가 없다.

간신히 진정시키고 도시락을 내밀고 돌아서는 데 눈물이 왈칵 쏟아져 내린다.

허둥대며 집으로 돌아와 화자는 곰곰 생각을 해본다.

'언제부터 저렇게 대놓고 왕래한 걸까?'

'왜 이제야 나에게 인사를 시키는 걸까?'
'어디까지 가깝게 지내고 있는 걸까?'
가슴이 먹먹하고, 눈앞이 캄캄하고 정신이 아득해진다.
누군가에게 이 상황을 의논해야 될 것만 같았다.
숙자언니에게 전화를 하려고 수화기를 들었지만 미국은 지금 새벽 아닌가?
그리고 언니는 지금 한창 행복한 시간인데…….
수화기를 들었다 놓았다 반복하며 몸부림을 쳤다.
그날 밤 화자는 진성에게 솔직하게 이야기를 해보라고 사정을 했다. 진성의 말 한마디 한마디에 촉각을 곤두세우고 그의 진심이, 그들의 저의가 무엇인지를 파악해보려고 진을 빼고 있었다.
"미주 아빠, 이중생활은 안돼요, 미영을 만나는 것까지는 내가 뭐라 할 수 없지만, 미영 엄마는 아니에요, 알았죠!"
진성은 알았다고 얼버무리며 화자를 끌어안는다. 더 심한 말을 하면 안 될 것만 같아서 화자도 못 이기는 척 넘어갔지만 여전히 화자는 진성의 태도가 섭섭하고 불안하다. 가게까지 미영 엄마를 오게 한 진성의 태도가 도무지 납득이 가질 않는다.
그렇지만 어쩌겠는가? 진성을 믿어줄 수밖에!
제발 더 이상의 일만 일어나지 않기를 빌며 화자는 진성의 품에서 잠을 청한다.
그날 밤, 화자는 준하 오빠를 만나는 꿈을 꾼다.
꿈속에서 화자는 병원 입원실에 누워있었다. 너무나도 생생하게 준하 오빠가 병실 문을 열고 들어와 화자를 포근하게 안아주는 게 아닌가!

준하의 품에 안긴 화자가 흐느껴 울며 말한다.

"오빠! 내가 얼마나 오빠를 기다렸는데, 얼마나 보고 싶어 했는데, 왜 이제 나타난 거야!"

화자는 준하의 목에 매달리며 더 서럽게 운다.

"오빠, 나 마음이 너무 아팠어! 오빠 없는 세월이 너무나 서럽고 힘들었어!"

그러자 준하가 더욱 세게 끌어안고 다독여준다.

흐느껴 울다 깨어보니 꿈이었다.

며칠 후 화자가 정우와 미주와 엄마를 모시고 진성의 가게 옆에 있는 레스토랑에서 식사를 하고 있었다.

밥을 먹으며 도란도란 이야기를 나누는데, 문 여는 소리가 들려 고개를 돌려보니 미영과 미영 엄마와 진성이 재미난 이야기를 하는 지 서로를 쳐다보며 활짝 웃는 얼굴로 들어서는 게 아닌가!

화자와 눈이 마주치자 진성 일행들도 깜짝 놀라 당황하는 눈치다. 화자가 재빨리 정우와 미주를 바라보는데, 진성이 순간 미영과 미영 엄마를 데리고 밖으로 나가 버린다.

'저 잔인한 것들! 도대체 날더러 어쩌라고 저러는 거야!'

화자는 분노에 찬 얼굴로 진성의 뒷모습을 쏘아볼 뿐이었다. 무슨 정신으로 식사를 마치고 집에 돌아왔는지 모를 지경이다.

엄습해 오는 불안감, 불길한 느낌을 지워낼 수가 없다. 모든 희망과 행복이 산산 조각나는 걸 느낀다.

이래서 사람들이 상처한 재취자리는 괜찮아도 자식 딸리고 전처가 살아있는 데로 재혼하는 거 아니라고 했나보다.
 진성 역시 하루 종일 일이 손에 잡히질 않는다.
 '집에 돌아가면 미주엄마가 가만있질 않을 텐데 앞으로 이 일을 어떻게 하나?'
 '내가 오라고 한 것도 아니고 딸이 엄마를 대동해서 오는 걸 어쩌겠나?'
 진성이 도착하자마자 화자가 진성에게 다그친다.
 "미영 엄마는 안된다고 했잖아요, 왜? 내가 재혼하기 싫다고 했는데 당신이 우겨서 결혼해 놓고 지금 와서 이런 법이 어디 있어요!"
 화자가 엉엉 울며 말한다.
 "내 곁에만 있겠다고 했잖아요!"
 "나도 알아, 미영이 소원이라서 그랬어. 한 번만이야 미안해!"
 마음 약한 진성을 또 한 번 이해하려고 화자도 애를 쓰지만, 한편 진성의 처사가 섭섭하고 괘씸하다.
 앞으로 이일을 어떻게 매듭지어야 할지 도저히 답이 없다는 생각이 든다.
 화자는 계속 깊은 잠을 자지 못한 채 불면증을 호소했다. 진성은 매일 술을 마시고 들어왔다. 일부러 늦게 들어오기 위해 잘 마시지도 못하는 술을 먹는 눈치다.
 한국은 남자들의 술자리가 많은 것이 흠이다.
 마음만 먹으면 얼마든지 친구들이 있고, 돈만 있으면 명분도 많고 기회도 많다.

이해는 가지만 너무한다는 생각이 들었지만 마땅한 대책이라고는 미주의 애교밖에 기댈 데가 없다.

화자는 과음하고 들어온 진성을 위해 북어 국을 끓여가지고 가게로 나갔다.

그런데 이게 웬일인가!

미영 엄마가 북어 국을 싸왔다며 진성 앞에 놓고 일어서는 게 아닌가!

아니 어떻게 진성이 과음한 것을 알았으며, 아무리 뻔뻔하기로 이렇게 제집 드나들 듯 새로 가정을 꾸린 전 남편의 일터를 들랑거린단 말인가!

화자는 분을 못 이겨 소리를 질렀다.

"그 북어 국 가지고 가세요! 이제 나도 더 이상은 못 참아요. 가게에서 언성 높이기 싫으니까 다시는 나타나지 말아요!"

화자가 진성의 얼굴을 바라보며 정애에게 표독한 목소리로 쏘아붙이자 정애가 문을 열고 나간다. 분이 안 풀려 화자의 눈에서는 불이 뿜어져 나오는 것 같다. 뜨거운 콧김을 내뿜는 화자의 얼굴을 피해 진성이 손님 쪽으로 향하고 있다.

숫제 강 건너 불구경 하듯 자기는 무관하다는 듯 행동하는 진성을 보고 화자는 어이가 없다.

무슨 정신으로 집까지 왔는지, 부엌으로 들어간 화자는 술을 꺼내 벌컥벌컥 마셔댔다. 아무리 마셔도 취하질 않는다. 진성과 눈을 맞추며 얘기하던 정애의 모습이 떠올라 머리를 쥐어 뜯어댄다.

"이것들이 도대체 어디까지 간 거야?"

"아주 부부행세를 하고 자빠졌네!"

화자가 허공을 향해 뜨거운 김을 뿜어대며 소리를 지르고 있다.

사람들이 괴로우면 술을 마시는 이유를 알 것도 같다. '괴로울 땐 사람의 위로보다 술이 더 쉽구나, 맨 정신으로는 버틸 수가 없어서 그래서 술들을 마시는 거였구나!'

남편이 오직 화자만 바라볼 땐 술 같은 것은 입에 대지도 않던 화자다.

남편의 사랑을 받을 땐 이슬 먹은 꽃처럼 환한 모습으로 빛을 뿜어냈는데, 남편의 사랑을 잃은 여자는 죽은 생명과 다름없었다.

'인간의 사랑이 이렇게 허망한 거라니!'

'그동안 수도 없이 속삭이며 맹세했던 말들이 이렇게 한 순간에 허사가 되다니!'

진성이 들어오자 화자는 술에 취해 몸도 가누지 못하며 소리를 지른다.

"둘이 맨날 연락하는 거죠? 그래서 해장국을 끓여다 바치는 거죠?"

어떻게 알고 정애가 해장국을 끓여 온 거냐고 닦달하자 진성은 되레 볼멘소리를 지른다.

"나도 모르는 일이야!"

진성 역시 어찌할 바를 모르고, 그 순간만 모면하고자 소리를 질러 화자의 입을 막아보지만, 화자도 진성도 서로의 입장을 모르는 바 아니다.

말해 봐야 서로의 입장만 두둔할 뿐 정애를 외면 할 수도, 화자를 모른 체 할 수도 없는 진성이다.

 서로 뜬 눈으로 밤을 지새우며 진성은 엎치락뒤치락 정애의 일생을 생각해 본다.

 미영 모녀를 만날 때 화자의 얼굴이 떠오르지 않는 것은 아니다. 그렇지만 미영은 자식이 아닌가!

 자식이 보고 싶은 것까지 억제할 순 없는 법이다.

 지금껏 애비노릇 한 번 제대로 못해준 가슴 저린 딸인데, 그걸 이해해주지 못하다니!

 진성은 화자 때문에 부아가 치밀어 오른다.

 나이보다 더 늙어 보이는 정애가 애처롭기만 하다.

 '그렇게 콧대 높고 예뻤던 사람인데, 다 내 탓이지! 내가 그 때 사업실패만 안했어도 이 지경은 안됐을 텐데, 그래도 팔자 안고치고 미영이를 저렇게 반듯하게 키워준 사람 아닌가!'

 진성은 정애가 너무나 가엾고 애틋해진다. 화자 모르게 더 잘해줘야겠다는 생각을 한다. 그동안 진성은 화자와 미주에게 최선을 다해 사랑해 주었다. 사실 미주와 화자는 많은 것을 누리며 살지 않았는가!

 진성은 미영과 정애를 외면해선 안 된다고 스스로에게 다짐을 한다. 그건 인간의 도리가 아니라며.

 화자가 이런 진성의 마음을 알았다면 어찌됐을까?

 화자는 화자대로 내 인생은 왜 이렇게 꼬여드는 것일까 가슴 아팠다.

 그래도 사랑하는 남편을 위해 아침상을 차린다.

"여보, 아침 드세요, 시원한 북어국 끓였어요."

언제 다투었냐 싶도록 일부러 쾌활한 목소리를 낸다.

'절대 내 성을 무너뜨리지 않을 거야!'

'누구도 내 가정, 내 행복을 깨뜨릴 수 없어!'

화자는 침대 속에서 뒤척이는 진성에게 다가가 등을 쓰다듬어 주며 재촉을 한다.

"여보, 국 식어요."

진성은 멋쩍은 마음을 감추고 화자가 끓여 준 북어국 한 대접을 다 해치운다. 화자의 북어국 맛은 누구도 흉내 낼 수 없는 깊은 감칠맛이 있다.

진성은 언제 정애 생각을 했나 싶을 만큼 화자에게 다정한 미소를 보낸다.

'그래도 저 사람 덕분에 지금 내가 이렇게 자리를 잡고 살지!'

남자란 참 단순한 동물이다.

"여보, 내 다녀오리다!"

발걸음 가볍게 집을 나서는 진성을 향해 화자가 한 마디 당부한다.

"여보, 오늘 저녁은 내가 별미를 만들어 놓을 게요. 술 드시지 말고 일찍 와요."

집안 청소를 하던 화자가 한숨을 내쉬며 소파에 털썩 주저앉는다.

미국에 살 때는 참 평화로웠는데…….

정우 보고 싶은 것 빼고는 정말 행복했었는데…….

진성을 만나 데이트 하던 시절을 더듬거리며 회환에 잠겨 있을 때 전화벨이 요란스럽게 울린다.

화자가 화들짝 놀라 전화를 받는다.

"미주 엄마시죠?"

당돌하고 야멸찬 목소리에 화자가 정신을 차린다.

"그래요. 무슨 일이시죠?" 화자가 대답한다.

"나 미영이 엄만데요, 우리 한 번은 만나야 될 거 같아 전화했어요."

"네, 좋아요. 어디서 만날까요?"

"찾기 좋게 미영 아빠 가게 옆에 있는 진다방에서 11시 어때요?"

"좋아요."

전화를 끊고 화장을 하는 화자의 머릿속이 복잡하게 돌아간다.

'무엇이 미영 엄마를 저렇게 당당하게 하는 걸까? 아니, 남편이 경제적으로 어려울 때는 못살겠다고 버려놓고 이제 와서 웬 마누라 행세야! 돈 있어 보이니까 다시 뭘 어떻게 해보고 싶어진 거야 뭐야!'

화자는 계속 화가 치민다.

'아니, 내가 그깟 여자 만나러 가면서 화장은 왜 해? 아니지, 내가 더 젊으니까 더 예뻐 보여야지!'

화자는 제일 세련되고 품위 있어 보이는 옷을 입고 종로 거리로 향한다.

'내가 다섯 살이나 젊은데, 쳇! 호적상으로도 내가 떳떳한 부인이야, 이거 왜 이래!'

애써 떨리는 마음을 달래며 화자가 들어서자 모처럼 차려입은 듯 어색한 원피스 차림에 어울리지도 않는 생 단발머리를 하고 정애가 손을 흔든다.

'흥! 뭐 그리 반가운 사이라고 손을 흔들어!'

정애의 멋쩍은 얼굴과 화자의 긴장된 얼굴이 대면하고 앉았다. 정면에서 유심히 보니 미영 엄마는 매우 예민하고 신경질적으로 보인다.

'저러니까 미주 아빠가 못 견디고 이혼을 했었구만!'

화자도 속으로 독을 품고 앉았다. 머릿속이 엉킨 실타래처럼 복잡하다.

'뭐야, 이 여자, 적반하장도 유분수지, 마치 내가 자기 남편을 빼앗아간 걸로 착각하는 거 아냐?'

'이혼은 했어도 나만 아니면 진성이 다시 자기 모녀에게 돌아왔을 거라고 착각하는 거 아냐?'

정애가 침묵을 깨고 말문을 연다.

"미영에게는 아빠가 필요해요, 미주는 그동안 아빠 사랑을 듬뿍 받았잖아요."

"그래요, 미영이를 못 만나게 하는 거 아네요, 미영 엄마는 안 된다는 거죠,"

"미영이 성화에 어쩔 수 없이 같이 가는 거예요. 애가 하도 딱해서……"

"나는 당신이 버린 남자를 선택해 가정을 꾸리고 살았어요. 지금 와서 뭘 어쩌자는 거죠?"

"그 땐 내가 어리고 철이 없었어요. 뭘 어쩌려는 것도 아니고요."

"미영이를 거두는 것은 나도 이해할 수 있어요. 하지만 이미 다른 가정을 꾸민 사람에게 전 부인이 찾아오는 걸 용납할 여자가 어디 있겠어요, 입장 바꿔 생각을 좀 해보세요."

"나도 그러고 싶지 않지만, 미영이가 꼭 같이 가기를 원하니까, 애가 불쌍해서 같이 가는 것뿐이라고요."

정애는 미영이 핑계가 있어서 다행이라는 듯 말끝마다 미영을 끌어드려 화자의 복장을 터지게 하고 있다.

"아무튼, 내 남편 주위에 얼씬도 하지 말아요, 댁은 장난으로 이혼을 했는지 몰라도, 나는 진지하게 생각하고 고민 끝에 결혼했으니까. 한 번만 더 내 눈에 띠면 그 땐 나도 가만있지 않을 거예요!"

정애의 당혹스러워하는 눈빛을 뒤로하고 화자는 할 말 다했다는 듯 자리를 박차고 일어섰다.

집으로 가는 내내 화자의 머릿속에 정애가 한 말들이 되씹힌다.

비쩍 마른 정애의 초라한 모습이 같은 여자로서 불쌍하다는 생각도 들었다.

여자 혼자서 미영을 키워내기가 쉽지 않았을 거라는 생각도 해본다. 그러다 화자는 고개를 절레절레 흔든다.

'난 절대로 착한 여자가 아니야, 아무리 그 여자 입장이 이해가 가고 불쌍해도 내 가정을 포기하고 그 여자에게 내줄 수는 없는 거 잖아!'

정애를 만나고 돌아온 화자는 혼란스러운 마음을 감추지 못한다.

'아무리 그래도 그렇지 너무 뻔뻔한 거 아냐? 자기도 같은 여자로서 내 입장을 생각한다면 그렇게 대놓고 드나드는 것은 아니지!'

화자를 만난 후 정애는 더 막나오는 것 같았다.

무시하는 건지, 아님 자기 입장을 충분히 알렸다고 생각하는 건지, 보상이라도 받으려는 듯 정애는 수시로 진성의 도시락을 챙겨 가게로 출근을 했다.

가게에 와서도 청소를 하고 진성의 시중을 들며, 안주인 행세를 한다.

화자는 정애의 이런 어이없는 행동에 분을 이기지 못하고 몸부림을 친다.

화자가 있거나 말거나 진성에게 더 친한 척 말을 걸고, 더 큰 소리로 깔깔대며 웃고, 유치한 짓을 서슴지 않는 그들을 바라보며, 화자는 저건 시체들의 비비적거림이라는 생각을 한다.

'저건 죽은 시체들의 비비적거림이야! 움직일수록 악취가 진동하는……'

9
분노, 죽음을 부르는 분노

못다한 정이라도 쌓으려는듯 다정한 눈빛으로 도란거리는 모습을 보니 화자의 눈에서 불꽃이 튄다.
"내, 저것들을!"

"죽여 버려! 아주 없애 버려!"
하는 음성이 들린다.
"저런 것들은 아주 죽여 버려야 해!"
또 하나의 이상한 몸이 화자 안에서 꿈틀거린다.

화자가 이를 갈며 분노할 때마다 재미있다는 듯 화자의 내면에서 화자를 지켜보는 누군가가 있는 것 같다.

 '내가 너를 가만둘 줄 알아! 지금 내 앞에서 한 행동에 대해 꼭 되갚아 줄줄 알아!'

 화자는 정애의 행동을 막지 않는 진성에게 더 화가 났다. 그렇다고 정애가 보는 앞에서 진성과 싸우고 싶지는 않았다.

 '어디 내가 쳐놓은 그물에 걸려만 들어라, 반드시 걸려들 거야, 그때 빌고 애원해도 어림없을 줄 알아!'

 마른침을 삼키며 복수의 칼을 가는 화자의 입에서 뜨거운 김이 뿜어져 나온다.

 시간이 흐를수록 뻔뻔해지는 정애와, 우유부단한 진성의 태도에 화자는 이성을 잃어갔다.

'그래, 너희들이 두 집 살림을 하겠다 이거지! 어림없는 소리 말아! 내가 그 꼴을 두고만 볼 것 같아!'

질투와 욕심, 진성에 대한 집착으로 화자는 목이 조여드는 것 같은 통증을 느꼈다. 하루에도 몇 번씩 화자는 무너져 내리는 자신의 인생을 통곡하고 있었다.

만신창이가 된 마음, 그래도 위로가 되는 추억이 있다.

'준하 오빠!'

'죽도록 보고 싶은 준하 오빠!'

준하 오빠와 결혼했더라면 화자는 마냥 행복했을 것만 같다.

화자는 술에 만취해 노래를 틀었다.

즐거웠던 그 날이
다시 올 수 있다면,
까맣게 멀어져간
옛날로 돌아가서
지금의 내 심정을
전해 보련만
아무리 뉘우쳐도
과거는 흘러갔다.

화자는 노래를 따라 부르며 지금의 이 상황이 정말 꿈이기를 바랐다.

12시가 넘어도 진성은 들어오지 않는다. 남자가 뭐라고 이렇게 내 인생을 송두리째 뒤흔드는가! 진성이 없으면 못 살 것만 같아 화자는 몸부림을 친다.

왜 진성은 과거에 헤어진 정애를 바라보는 것일까?

불현 듯 준하 오빠네 엄마와 윤식 아빠가 주점에서 술을 마시던 모습이 떠올랐다. 어린 나이에도 슬픔이 느껴졌었다.

'준하 오빠네 엄마도 나만큼 슬프셨던 모양이다. 준하 엄마와 윤식 아빠가 그 때 그런 일만 없었어도 준하 오빠와 결혼하여 행복하게 살았을 텐데······.'

마치 그 사건이 자기의 인생을 망쳐 놓은 것처럼 화자는 안타깝고 억울했다.

"내가 얼마나 당신에게 익숙해져 있는데! 당신 여자로 사는 게 얼마나 행복하고 감사했는데! 이제 와서 당신 없이 어떻게 살라고! 나는 어떡하라고 이렇게 사람을 배신을 하는 거야!"

화자는 소리라도 질러야 살 거 아니냐는 듯 볼륨을 더 크게 올리고 고래고래 노래를 불러댄다.

헤일 수가 없도록
이 가슴이 아파도
여자이기 때문에
말 한마디 못 하고

화자는 이미자의 〈여자의 일생〉을 따라 부르다 지쳐 거실 바닥에 쓰러져 잠들었다.

술에 취해 아무렇게나 쓰러져 자는 화자를 진성이 측은한 얼굴로 바라보다 잠이 든다.
"가여운 사람……."
타는 듯 한 갈증으로 잠이 깬 화자가 옆에 잠들어 있는 진성을 애처로운 눈빛으로 바라다본다. 그래도 집에 들어와 자기 옆에서 자는 것이 고맙기만 하다.
'절대 빼앗기지 않을 거야! 어림도 없어!'
화자는 속으로 다짐을 한다.
진성은 평상시에도 미영 엄마가 고생이 많았다는 이야기를 꺼냈다. 그 때마다 화자는 소리를 지르고 싶었지만 꾹 눌러 참았다.
'이제 와서 날 더러 어쩌라고!'
진성은, 남편 없이 미영을 키워준 정애를 어떻게 모른 척하겠느냐며 같은 여자끼리 이해를 하라고 화자를 달랜다.
그렇게 죽을동 살동 쌓아올린 것이 고작 모래성이었다니! 화자는 이불을 뒤집어쓰고 짐승처럼 우는 날이 많아졌다.
그러던 어느 날 진성이 친구들과 함께 부부동반 모임이 있다며 함께 가자고 한다.
화자도 화색이 돌아 미주와 정우에게 자랑을 한다.
"아빠가 엄마랑 놀러가잔다."
"엄마, 그렇게 좋아?"
"그럼!"
아이들도 덩달아 좋아한다.
세상이 모처럼 환하게 보인다. 오랜만에 오붓한 시간을 보내려고 무얼 입고 갈까, 무얼 신고 갈까, 귀걸이 목걸이를 고르며 외출 준비에 들떠 있다.

　차 안에서 모처럼 미국에서 있었던 일도 들먹이며 이야기꽃을 피운다.

　'혹시 미영 엄마랑 싸우기라도 했나?'

　화자는 내심 궁금하기도 했다.

　인간사 모두 죄 덩어리라는 생각을 했다.

　미영 엄마의 불행이 화자의 행복이고, 화자의 행복이 미영 엄마의 불행이라니…….

　진성이 웬일로 화자에게 그동안 미안했다고 사과를 한다.

　잘 참아주고 이해해줘서 고맙다고, 내 자식을 키워준 사람이니 모른 척할 수 없어서 그러는 거지 나한테는 당신 밖에 없고, 미주도 똑같이 소중한 딸이고, 절대 이 가정을 깨뜨리지 않겠다고 맹세도 했다.

　"그래요, 서로 모르고 결혼한 것도 아니고, 당신만 중심을 지키면 나도 무리한 요구는 하지 않을게요."

　모처럼 훈훈한 마음으로 화자는 옛날의 행복을 되찾은 듯 행복하다.

　왁자지껄 술자리가 벌어졌다. 진성이 귀국한 후 첫 부부동반 모임인지라 친구들이 반갑게 맞아준다.

　미영 엄마와 더 익숙한 그들이지만 애써 태연하게 화자를 반긴다. 주거니 받거니 술잔이 오고가고, 그동안 어떻게들 살았느냐, 서로 서로들 하나도 안 변했다며 화기애애한 분위기가 이어진다.

다들 아이들 이야기가 나오자 한잔 얼큰하게 취한 진성이 다른 사람의 말꼬리마다 잡고 매달려 미영이 자랑을 펼쳐댄다.
"하! 우리 미영이가 이화여대 영문과에 들어갔더라고!"
"어찌나 상냥하고 영리한지, 한 개를 말하면 열 마디를 알아듣는 다니까!"
화자가 보다 못해 진성을 말리지만 다른 사람이 말할 기회도 주지 않고 미영이 자랑을 하며 추태를 부린다. 그런 와중에도 미주 이야기는 단 한 마디도 안하는 진성을 보며 화자는 섭섭하고 분한 생각이 치민다.
"우리 미영이가 내 생일날 넥타이를 사왔더라고, 어찌나 눈썰미가 있는지, 아까워서 어떻게 시집을 보낼지 몰라" 참다못한 화자가
"그만 좀 하고. 다른 분들도 이야기 좀 하게 놔둬요."하고 면박을 주자, 진성이 낯빛이 시뻘겋게 달아올라 화자를 향해 삿대질을 해댄다.
"아니, 이 여편네가 어디 사람 말을 막고 야단이야! 내가 없는 말이라도 했어! 엉!"
동석한 친구들이 험악한 분위기를 수습해 보려 했지만, 이미 때는 늦었다 싶었는지 하나 둘 슬슬 자리를 피하기 시작한다.
그새 날은 어두워졌고 빗방울까지 떨어지자 화자는 당황하여 진성을 차에 태우려 하는데, 술에 취한 진성이 네가 뭔데 미영이 이야기를 그만하라고 했느냐며 텐트를 치려고 가지고 갔던 부삽으로 차를 때려 부수며 고래고래 소리를 지르는 것이 아닌가!
진성의 돌발적 행동에 벌벌 떨던 화자가 그만 정신을 잃고 쓰러

졌다. 진성이 그제야 정신이 드는지 쓰러진 화자의 뺨을 두드리며 울부짖는다.

"여보, 정신 차려! 미주 엄마 정신 좀 차려!"

아무리 흔들어도 화자가 깨어나질 않자, 진성은 술이 확 깼다.

얼마나 시간이 흘렀을까, 화자가 부스스 눈을 뜨는데, 입가에 야릇한 미소를 짓는다. 얼굴은 움직이지 않고 입만 움직여 웃는 화자의 얼굴이 섬뜩하다. 그리고는 애기 소리를 내는 것이 아닌가!

진성은 너무 놀라 "미주 엄마, 미주 엄마," 계속 불러보지만, 화자는 완전 딴 사람이 되었다.

화자의 분노하는 마음을 타고 귀신이 들어온 것이다.

비는 퍼붓고, '번쩍! 번쩍!' 뇌성이 치는 계곡에서 진성은 계속 미주 엄마를 찾으며 울부짖고 있다.

"아빠! 아빠!"

어찌된 영문인지, 화자가 애기 목소리를 내며 진성에게 매달려 떨어지질 않는다.

"이봐, 미주 엄마 왜 이러는 거야? 응, 정신 좀 차려봐!"

팔짱을 끼고 놓아주질 않는 화자의 어깨를 흔들어대며 진성이 목놓아 울어버린다.

"여보, 미주 엄마, 내가 잘못했어! 제발 정신 좀 차리라고!"

진성이 뼈아픈 후회를 하지만, 화자는 아는지 모르는지 계속 애기시늉을 하고 있다.

'내가 멀쩡한 사람을 이렇게 망쳐놨구나! 내 욕심이 이렇게 화를 자초했구나!'

집에 돌아와서도 화자는 떼를 쓰며 잠시도 진성에게서 떨어지지 않으려했다.

진성은 이런 화자를 지극정성으로 보살펴주며, 이 일의 화근이 된 미영 모녀에게도 연락을 끊어버렸다.

화자는 점쟁이처럼 많은 것을 알아맞혀 사람들을 놀라게 했다.

"지금 머리 하얀 사람이 문 열고 들어온다." 하면 진짜 머리 하얀 사람이 들어왔다.

친구가 오자 "나 돈 좀 줘!"하고 손을 내민다.

친구가 "나 돈 없어." 하자 화자가 애기 소리를 내며

"네 바지 뒷주머니에 20만원 있는데 왜 거짓말 해!" 하고 용케도 맞힌다.

이웃사람들은 병문안을 온다는 핑계로 화자를 찾아와 이것저것 물어보며 신통하게도 잘 맞는다며 감탄을 하고 돌아갔다.

이런 화자의 소식을 듣고 옆집 집사님이 찾아와 안타까워했다. 어린애처럼 진성에게서 잠깐도 떨어지지 않으려고 매달리는 화자 때문에 집사님이 진성의 살림을 도맡아주었다.

밑반찬이며, 집안 청소에, 빨래까지 도움을 주었다.

화자는 자기 살림에 남이 손을 대거나 말거나 눈에 초점을 잃은 채 강 건너 불구경이다. 잠깐 화자를 부탁하고 가게에 가려는 진성을 집사님이 불러 세워 조심스럽게 의중을 물어본다.

"저어, 미주 아빠, 미주 엄마가 아무래도 귀신이 들린 거 같아요. 예수 믿고 귀신에게서 놓임 받은 사람 여럿 봤어요. 우리 목사님을 모셔다가 예배를 드리면 될 것 같은데 그래도 되겠어요?"

진성이 반색을 하며 묻는다.

"정말 그러면 미주 엄마가 예전처럼 돌아올까요?"

"그럼요, 그렇고말고요."

그 날 오후 목사님이 찾아와 화자를 위해 눈물로 기도해 주었다.

"화자 자매님, 마음을 강하게 먹어야 합니다. 귀신은 우리의 상한 감정을 타고 들어와 모든 관계를 깨뜨리고 망가지게 합니다. 예수님의 이름을 붙잡고 기도하십시오. 모든 피조물들은 예수님의 이름 앞에 다 무릎을 꿇고 굴복하게 돼 있습니다."

화자는 계속 딴청을 피우며 놀기에 바쁘다.

정말 애기가 된 것일까?

애기를 가장한 귀신이 화자를 가지고 노는 것일까?

화자는 미주의 인형을 가지고 업었다 안았다 애기 소리를 내며 중얼거릴 뿐이다.

"자 나를 따라 해보세요, 내가 나사렛 예수의 이름으로 명하노니 내 생각과 감정을 쥐고 흔들며 애기 시늉을 하게 만드는 더러운 귀신아! 네 정체는 이미 드러났으니 너는 모든 묶인 사슬을 끊고 내게서 나가라!"

목사님이 따라해 보라고 또박또박 말을 해도 입을 꼭 다물고 앉아 딴청만 피운다.

목사님은 날마다 교인들 몇 명과 찾아와 예배를 드리고 간절히 기도해주었다.

그런데 그들의 기도에 효험이 있었을까?

어느 날, 목사님과 교인들이 찬송을 부르며 기도를 하는데, 화자는 자신의 몸에서 어떤 물체가 빠져나가는 것을 느꼈다, 몸이 가뿐해지며 숨통을 조이던 것이 사라지는 것이 아닌가!

이웃에 사는 집사님이 이런 기이한 현상을 눈치 채고 "할렐루야!"를 외치자 화자가 얼른 '쉿!' 하고 손가락을 입에 대며 비밀을 지키라는 시늉을 한다.

이미 자기 몸에서 귀신이 떠나는 것을 알았지만, 진성을 자기 옆에 붙잡아 두려고 이 사실을 숨기려 작정한 것이다.

그러나 긴병에 효자 없다고 했던가!

교회에서 목사님이 찾아오시고, 이웃들이 드나들며 보살펴주고, 진성 또한 지극정성을 기울여도 차도가 없자 진성의 마음도 차츰 화자에게서 멀어져 갔다.

이래저래 미영에게 소홀했던 것에 가책을 느끼며 진성은 미영 모녀에게 못 다한 정을 주기로 한다. 남편의 태도가 변하자 화자도 작전을 바꾸어야겠다는 생각을 한다.

"미주는 내가 챙길게, 하지만 당신은 무서워"

진성이 장모를 찾아가 이젠 화자가 무서워서 같이 지내기 싫다고 통보를 한 뒤 아예 집을 나가버렸다.

화자 엄마는 팔자 사나운 딸을 보며 진성을 나무랄 엄두조차 못 냈다.

진성이 집에 들어오지 않자 화자가 분을 내면서 진성의 가게로 찾아 갔다. 설마설마 했던 대로 진성이 미영 엄마와 마주보고 앉아 희희낙락이다.

저 남자가 정말 나와 사랑을 나누며 살았던 사람인가 싶을 만큼 정애와 함께 있는 진성이 낯이 설다.

못다한 정이라도 쌓으려는 듯 다정한 눈빛으로 도란거리는 모습을 보니 화자의 눈에서 불꽃이 튄다.

"내, 저것들을!"

화자가 분노에 치를 떨며 진성과 정애를 쏘아 보는데, 누군가 화자의 몸을 떠받치는 것 같은 강력한 힘이 솟구친다.

"죽여 버려! 아주 없애 버려!" 하는 음성이 들린다.

"저런 것들은 아주 죽여 버려야 해!"

또 하나의 이상한 몸이 화자 안에서 꿈틀거린다.

화자는 두려운 마음에 허둥지둥 집으로 돌아왔다.

화자 엄마는 미주를 진성에게 보내지 않았다. 정신이 오락가락해도 제 엄마 옆에 두는 게 낫지, 모르는 사람 손에 어린 것을 맡길 수 없었다.

진성은 미주와 화자가 살 수 있도록 생활비만큼은 보내주려 했으나 미영 엄마가 진성 몰래 중간에서 가로챘고, 생활비가 끊기자 화자의 분노는 활활 타올랐다. 분노와 질투가 격해질수록 화자는 감정을 조절할 수가 없게 되었다.

몰래 정애의 집을 찾아가 진성을 기다리고 있다가 애원도 해봤고, 당신 없이 살 바에는 차라리 죽어버리겠다고 협박도 해봤지만, 한번 돌아선 진성의 마음은 냉정하기 짝이 없었다.

하루는 가게 문 닫기를 기다리고 섰다가 진성을 붙잡고 애원을 하려는데, 그날따라 손님들에게 시달려 짜증이 복받친 진성이 화자를 보자마자 고래고래 소리를 지르며, 매달리는 화자를 냅다 떠다밀고 가버리는 게 아닌가!

　수치심과 모멸감, 노여움과 분노가 머리끝까지 치밀어 오르자 화자는 입에서 피가 뚝뚝 떨어지도록 입술을 깨물었다.

　"그래! 네 까짓 것들이 이렇게까지 나를 박대한다 이거지!"
　"어디 한 번 죽어보겠다 이거지!"

　화자는 미주에게까지 전화 한통 없는 진성에게 분이 났다.

　"그래, 나는 그렇다손 쳐도 미주에게는 한 번쯤 연락을 해야 되는 거 아냐? 미영이만 네 딸이고 미주는 네 자식도 아니란 말이야!"

　화자는 살기가 등등하여 어떻게 복수할 것인가를 골똘히 생각한다. 생활비가 떨어져 마지막으로 미주를 보냈을 때, 진성은 역시나 빈손으로 돌려보냈다.

　"내가 넉넉하게 생활비를 주는데, 네 엄마는 왜 자꾸 너를 보내서 돈을 뜯어내려는 거냐?" 진성은 미주에게 화를 냈다.

　사연인즉 정애가 모든 은행 일을 도맡아 처리하고 있었으므로, 진성이 정애에게 화자의 생활비를 매월 보내도록 당부를 해놓았던 것, 그런데 정애가 화자에게 보내라는 돈을 중간에서 가로채고 있었던 거다.

　이런 사실을 모르는 진성으로선 매달 생활비를 넉넉히 보내주고 있는데, 어린 딸을 시켜 돈을 뜯어내려는 화자에게 부아가 났던 것이고, 어린 딸은 아빠가 밉고 분해서 펑펑 울며 돌아왔던 거다.

　미주가 제 방에 들어가 엉엉 우는 모습을 보자, 화자의 눈이 뒤집히고 말았다.

"그 많은 돈, 어디, 너 혼자 번 돈이냐? 우리 모녀를 이렇게 무시해!"

화자가 이를 갈며 진성을 향해 칼을 간다.

"주객이 전도돼도 유분수지, 네 년이 내 남편과 내 재산까지 다 퀘차고 앉았어!"

미영 엄마의 파렴치한 행동을 생각하니 피가 거꾸로 솟는다.

정애와 진성이 서로 부둥켜안고 사랑을 하는 장면을 상상하자 화자는 벌떡 일어나, 그동안 자기를 부추기며 충동질하던 속삭임을 받아드리기로 결정한다.

"네가 뿌린 씨앗이니 네가 거두어야지!"

화자는 잔인한 미소를 띠며, 진성을 죽이기로 마음을 먹는다.

"내 새끼들하고 먹고 살게만 해줬어도 죽이지는 않을 생각이었어! 내가 결혼하지 않겠다고 할 때 왜 우겨서 네 무덤을 팠냐고!"

화자가 중얼거릴 때마다

"어서 해치우자, 분해서 못 살겠다."라고

속삭이는 소리가 들린다.

"너를 죽여야 내가 살 것 같아, 너처럼 잔인한 놈은 죽어야 마땅해!"

화자도 그 말에 동조한다. 아주 합당한 말 아닌가!

화자는 어떻게 죽여야 하느냐고 속삭이는 그에게 같이 속삭인다.

"비 오는 날 죽이자!"

속삭이는 소리는 비 오는 날 진성을 해치우자고 말하고 사라졌다.

화자는 비가 오기만을 기다렸다. 화자 역시 그 길만이 살 길이라는 생각이 들었다. 너무 분해서 이제 미련조차 미운 정조차 잃어버렸다.

비가 억수같이 쏟아지는 밤, 화자는 진성이 퇴근하는 길목에 숨어서 진성을 기다리고 있다.

칠흑같이 깜깜한 밤에 장대같은 비가 쏟아 붓는데, 하늘엔 뇌성벽력이 번쩍거리며 으르렁거린다. 갑자기 우르르 쾅쾅 천둥이 치더니 하늘이 '쩌억!' 갈라지며 번개가 내리친다.

차에서 내리던 진성은 섬뜩한 기운을 느꼈는지 사방을 두리번거린다. 서둘러 우산을 꺼내 펴는 순간! 번쩍하는 빛과 함께 진성에게 벼락이 때린다.

진성이 벼락을 맞고 그 자리에 쓰러지는 순간 화자의 눈과 진성의 눈이 마주친다. 뭐라고 말을 하려고 진성의 입술이 달싹거리는데, 순간 화자의 눈에 진성의 넥타이가 들어온다.

'저건, 내가 그를 만난 첫 생일에 선물한 넥타이!'

이건 무슨 의미인가!

"하나님! 하나님!"

진성의 신음소리에 눈을 돌려보니 진성의 육체 속에서 영혼이 분리되어 나가는 것이 보인다. 우르릉 쾅쾅 요란한 천둥소리와 함께 진성의 영혼을 데려가려던 악한 영들이 점점 힘을 잃고 사라지더니 천사들이 나타나 진성의 영혼을 데려가는 것이 아닌가!

"이런 나쁜 놈을 왜 지옥으로 안 끌어가고, 천사들이 데리고 가는 거야!"

화자가 허우적거리며 하늘을 향해 삿대질을 한다.

'진성이 학창시절에 교회에 다녔었다고 하더니 그 마음에 하나님을 믿는 믿음이 있었던 걸까?'

어두운 영들이 꼼짝 못하는 것을 두 눈으로 똑똑히 본 화자는, 두려운 마음과 아쉬운 마음과 분노의 마음이 뒤범벅되어 비를 철철 맞고 서있다.

그러자 화자에게 속삭이던 목소리가 벼락같이 소리를 지르며 화자의 분노를 부추긴다.

"저 놈이 너와 네 딸에게 어떻게 했었는지 생각해 봐!"

화자는 잔인한 미소를 띠며 중얼거린다.

"그래, 죽어 마땅한 놈이지!"

분노에 찬 화자가 소리를 치자 화자의 눈에서 시퍼런 불이 번쩍인다.

그리고 이내 화자는 자기 뱃속에 무언가 묵직한 것이 들어앉는 것을 느낀다.

그리고 널브러져 죽어 있는 진성을 향해 치를 떨며 "죽어 마땅한 놈!"이라고 소리를 지르는데 갑자기 화자에게서 굵직한 남자의 목소리가 나온다.

화자의 입을 빌려 벼락영감이 말을 하는 것이다.

그 시간, 미영과 미영 엄마는 진성이 곧 도착한다는 연락을 받았는지 우산을 들고 문 앞에 서 있다가 진성이 벼락에 맞아 죽어 있는 걸 보고 소리를 지르며 달려든다.

"미영 아빠! 정신 차려요, 이걸 어떡하면 좋아!"

"아빠! 안 돼! 아빠! 눈 좀 떠봐요!"

미영 엄마의 한 맺힌 울음소리와 미영의 외마디 소리를 요란한 천둥소리가 잡아 삼켜버린다.

얼마를 울었을까?

미영 엄마가 갑자기 고개를 휙 쳐들다 비를 맞고 있는 화자와 눈과 마주친다.

그러자 화자를 향해 다짜고짜 소리를 지른다.

"네가 그랬지? 네가 한 짓이야!"

그러자 화자가 정애를 째려보며

"그래, 너와 네 딸년도 죽여줄까?" 하며 시퍼런 눈을 번쩍이자, 정애는 화자의 기세에 눌려 아무 말도 못한 채 풀썩 주저앉는다.

"미주가 너한테 갔을 때 빈손으로 보내지만 않았어도 이렇게 까진 안 했을 거야!"

"네 년이, 내 남편과 내 재산을 모두 가로채지만 않았어도, 나와 우리 미주가 이렇게 되지는 않았어! 네 년은 우리 모녀를 간접적으로 죽였어! 이 나쁜 년!"

"네 년은 내 영혼을 죽였는데, 난 단지 네 남편의 육체만 죽였을 뿐이야!"

화자가 분을 못 이겨 펄펄뛰자 두 눈에서 시퍼런 불이 뿜어져 나온다. 화자가 눈을 희 번득거리며 이상한 웃음소리를 내자 정애와 미영이 뒷걸음을 친다.

'인간이 저렇게 변할 수도 있구나!'

정애는 화자를 다시 한 번 쳐다보며 소름이 끼쳐 진저리를 친다.

'여자가 한을 품으면 오뉴월에도 서리가 내린다더니 틀린 말이

아니로구나!'

정애가 뒤늦은 후회를 한다.

이상한 목소리로 섬뜩하고 오싹한 웃음소리를 내던 화자가 진성을 한 번 쓰윽 쳐다보더니 휙 돌아서서 집으로 간다. 돌아가는 화자의 뒷모습을 보며 정애는 이 상황이 믿어지질 않는다.

'이 일을 어떻게 한다?'

경찰에 신고를 해도 영락없이 벼락에 맞아 죽은 것이고, 이 상황을 그대로 말한다들 믿어 줄 사람이 있겠는가!

이제 겨우 되찾은 행복이었는데…….

아무리 후회를 해도 진성은 이미 돌아올 수 없는 다리를 건넜다.

'미주 학비만 줬었어도…….'

'미주 엄마에게 조금만 잘해줬었어도…….'

'인간의 욕심과 질투가 생사람을 죽였구나…….'

정애는 뼈아픈 후회를 하며 울부짖는다.

"사랑은 죽음 같이 강하고 투기는 음부같이 잔혹하며 불같이 일어나나니 그 기세가 하나님의 불과 같으니라!"

화자가 언젠가 읽었던 성경 구절을 되뇌자, 벼락영감이 화자를 확 밀쳐 쓰러뜨린다.

그리곤 벼락같이 화를 내며 어서 집으로 가자고 재촉을 한다.

시퍼런 눈으로 나타난 화자를 보자 정우와 미주가 뒤로 나자빠진다.

"놀라지 마! 엄마야!" 하는데 갑자기 영감 목소리가 나온다. 아이들이 자지러지게 놀라며

"엄마, 이게 어찌된 일이예요?"라고 묻자, 화자는 아무 일도 아니라며 얼버무린다.
"엄마 목소리가 왜 변했어요?"
캐묻는 아이들을 덥썩 끌어안고 화자는 그동안 참아왔던 뜨거운 눈물을 쏟아낸다.
화자가 아이들을 끌어안고 사랑하는 것을 보자 벼락영감이 질투를 하며 화자를 괴롭힌다.
잠을 자려고 누워도 진성의 마지막 눈빛이 떠올라 잠을 이룰 수가 없다.
'미주를 생각해서라도 죽일 것까지는 없었는데…….'
'그래도 미주를 끔찍이 사랑해주고 예뻐해 주던 아빠였는데…….'
'아빠 없는 아들, 아빠 없는 딸, 왜 내 자식들은 이런 기구한 운명을 타고 났을까…….'
'왜 내가 사랑하는 사람들은 다 내 곁을 떠나는가?'
이 너른 세상에 사랑하는 사람 하나 가질 수 없다니, 이 무정한 세월을 어떻게 살아야 하는가, 화자의 깊은 슬픔이 수렁처럼 그의 인생을 잡아당기고 있었다.
화자는 우선 가지고 있던 패물을 팔아 미주 학비를 마련했고, 정우는 사관학교를 무사히 졸업하고 장교로서 일할 준비를 갖춰나갔다.
이제 미워할 대상도, 사랑할 대상도 없어 허탈해 하는 화자를 벼락영감이 꼬드긴다.

"이제 다 끝난 일이니까, 돈을 벌자!"

벼락영감은 미영과 정애의 재산까지 망가뜨리며 계속 못살게 만들고 있다.

벼락영감의 해코지가 이만 저만이 아니었다.

화자가 그것까지 부탁한 것은 아니었는데……

귀신이란 존재는 본래 파괴하고 망하게 하고 죽이고 병들게 하는 습성이 있다. 벼락영감은 화자 몸속에 자리 잡고 살기위해 정애를 계속 괴롭혀 댔다.

진성이 죽고 정애는 시름시름 앓다가 자리를 보존하고 누워버렸다. 툭하면 원인을 알 수 없는 호흡곤란으로 응급실에 실려 갔고, 정밀검사를 해봐도 도무지 병명을 알 수 없었다. 그저 원인을 알 수 없는 희귀병이라는 말만 할 뿐. 계속 입원과 퇴원을 반복하던 정애는 결국 건강도 재산도 모두 잃고 말았다.

'난 단지 진성과 못 해본 그 세월이 욕심이 났던 것뿐인데…….'

정애는 깊은 회환과 뼈아픈 후회로 죽을 날을 기다리는 신세가 되었다.

10
두 마음,
　　무당이 되다

'귀한 내 자식들을 무당자식 소리를 듣게 할 순 없어!'

자식들에게 엄마노릇을 잘하고 싶어 화자는 결국 벼락영감의 말대로 신 내림굿을 하기로 했다.

진성의 죽음을 생각할 때마다 화자는 자신 안에서 두 마음이 싸우는 걸 느낀다.
 '네가 나한테 어떻게 했는데, 넌 당해도 싸지!' 하며 등등한 기세로 코웃음을 치다가도, 미주를 위해서 진성을 그냥 놔둘 걸 하는 생각이 치고 올라온다.
 '당연한 결과요, 인과응보지!' 라고 이를 악물다가도, 진성과 함께 했던 추억이 떠올라 몸부림을 친다.
 영원한 행복도, 영원한 불행도 이 세상엔 존재하지 않는다는 생각이 든다. 머릿속은 항상 진성에 대한 생각들이 꼬리에 꼬리를 물고 따라붙는다.
 '이젠 다 잊고 우리 정우와 미주만 바라보며 살 거야!'
 화자가 정우와 미주에게 사랑을 쏟는 눈치만 보이면 벼락영감은 질투를 하며 화자에게 큰돈을 벌게 해주겠다고 속삭거린다.

물론 화자가 큰돈을 벌 수 있는 길은 내림굿을 하여 큰 무당이 되는 길이다.

'귀한 내 자식들을 무당자식 소리를 듣게 할 순 없어!'

화자가 고개를 흔들며 부정하면 벼락영감이 속삭인다.

"네 자식들 굶어 죽어도? 돈 없이 엄마노릇 잘 할 수 있어? 너만 마음을 고쳐먹으면 네 자식들 호강하며 남부럽잖게 키울 수 있다니까! 내가 큰돈을 벌게 도와준다니까!"

자식들에게 엄마노릇을 잘하고 싶어 화자는 결국 벼락영감의 말대로 신 내림굿을 하기로 했다.

계룡산에 올라가 신 내림굿을 하고, 집 안에 신당을 차리자 화자 엄마가 울며 지나간 가정사를 들려준다.

"너희 할머니가 이북에서 아주 큰 무당이셨다고 하더라, 하필 너에게 대물림이 될 줄 누가 알았겠니? 행여라도 너희들 앞길에 지장이 있을까 봐 이 얘기는 끝까지 안하려고 했는데……"

화자의 신당엔 귀신들이 그럴 듯한 모습으로 자리 잡고 앉았다. 어느 땐 너무 많아 어지럼증을 느낄 때도 있다. 특히 귀신들은 어떤 형상을 좋아했는데, 미주가 잘 때 안고 자는 인형에도 귀신이 들어있어 그 인형을 뺏어다가 신당에 놓았다.

어디서 소문을 들었는지 점을 보러 오는 사람들이 문전성시를 이룬다.

"신 내린 지 얼마 안돼서 아주 용하대, 족집게라잖아."

미주와 정우는 엄마를 도와주며 눈에 보이지 않는 어떤 세계가

10. 두 마음, 무당이 되다

존재함을 느낀다.

  벼락영감의 점괘가 얼마나 용하던지, 한 날은 미주와 정우가 자기들의 점도 봐달라며 엄마를 조른다.

  "만약 점괘가 나쁘면 악담이 되기 때문에 안 해주고 싶다"며 거절하며 속으로는

  '무당이 자기 점치는 것 봤냐?' 라고 말을 한다.

  '내 아이들은 평범하게 살아야 할 텐데…….'

  벼락영감의 점괘가 신통하다고 서울장안에 소문이 돌아 화자의 신당에는 사람들로 인산인해를 이뤘다. 정우와 미주가 번호표를 뽑아주며 순서를 정해줬다.

  사람이 늘면서 단골이 많아지자 화자는 점점 점치기가 힘들었다.

  그도 그럴 것이, 단골손님들은 아주 작고 사소한 일상들까지 일일이 물어보러 오기 때문이다. 물어본 거 또 물어보고, 왜 며칠 전과 얘기가 다르냐고 따지고, 누굴 만날지, 어떤 걸 계약할지, 어떤 사람을 채용할지, 뭘 해야 돈을 벌지, 하도 시시콜콜 물어보니 당혹스러울 수밖에.

  '그걸 다 알면 내가 왜 점이나 치고 있겠냐!' 하는 말이 목구멍까지 치고 올라오는 걸, 참을 때가 한 두 번이 아니다.

  점을 칠 때 벼락영감이 버럭 소리를 지를 때도 많지만 사람들은 잘 맞춘다며 몰려들었다.

  잘 나가다가도 벼락영감이 심통이 나면 아무 말을 안 할 때도 있어서 그럴 땐 오히려 화자가 손님에게 호통을 쳐서 쫓아 보낼 때도 있었다.

단골 중에 제법 규모 있는 사업을 하는 젊은 여사장이 있었다. 그 여자는 사사건건 매사를 점괘에 맞추어 살고 있었다.

"오늘은 동쪽에서 길인을 만날 거야" 하면 동쪽을 의식하며 사람을 만나고,

"개띠를 조심해!" 하면 만나는 사람에게 넌지시 무슨 띠냐고 물어 보았다.

그런데 어느 날부터인가 화자는 그 여자가 오는 게 싫었다. 이상하게 점괘도 잘 안 나와서 짜증이 났다. 처음엔 그 여자가 묻기도 전에 일어날 일들 과거의 일들을 족집게처럼 집어냈었는데, 이게 무슨 변고인가!

화자가 아무래도 이상하다 싶어 혹시 가족 중에 예수 믿는 사람이 있느냐고 물어보니, 그렇단다. 여형제 중에 예수에 미쳐 사는 동생이 있는데, 새벽마다 자기를 위해서 기도하고 있다는 것이다.

"그럼 그렇지! 그러니까 점괘가 안 나오지! 앞으로 우리 집에 오지 말고 동생 따라 교회나 다녀! 남의 영업 방해하지 말고!" 화자가 버럭 같이 소리를 질러 여사장을 쫓아 보냈다.

어느 날 중년 부부가 코가 석자나 빠져서 점을 치러 왔다. 그들과 눈이 마주치는 순간 화자가 귀신과 접신을 하며 이상한 목소리로 소리를 질러댄다.

"이 나쁜 년아, 네가 나를 굶겨 죽였지!"

그러자 부부가 "잘못했어요. 어머니 잘못했어요."하며 비는 게 아닌가!

그러자 이번엔 아들을 가리키며

"너도 속으로는 엄마가 빨리 돌아가셔야하는데 했지? 이 괘씸한 놈들!"

"어머니, 잘못했어요. 어머니, 저희를 용서해 주세요!" 하며 손을 모아 싹싹 빈다.

사연을 들어보니 부부는 치매에 걸린 어머니를 3년 동안 모셨다고 한다. 시한폭탄처럼 돌발 행동을 하는 어머니 때문에 가족들은 모두 정상적인 생활을 할 수가 없었다. 며느리는 수저로 똥을 퍼먹고 벽에다 칠하고 밤낮 배고프다고 욕을 해대는 시어머니 때문에 지칠 대로 지쳤다고 했다. 남들은 기관에다 모시라고 했지만 그건 평소 정갈하셨던 어머니의 인권을 유린하는 것만 같아 집에서 모셨다. 하루에도 몇 번씩 사방에 똥칠을 하는 어머니 때문에 고민을 하자 이웃들이 먹는 걸 좀 덜 드시게 하라고 조언을 하더란다. 그런 와중에 며느리가 밖에서 일을 보느라 부득이 늦는 날에는 제 때 끼니를 못 챙겨드리게 되었는데, 그럴 때는 확실히 기저귀를 자주 갈아드리지 않아도 되더란다. 그래서 나중엔 일부러 식사를 건너띠고 조금씩만 드렸다고 한다. 그러자 시어머니의 기력은 눈에 띄게 쇠약해지고 석 달 만에 돌아가셨다는 것이다.

어머니가 돌아가신 후, 자기들이 일부러 먹을 걸 안 드려 어머니가 굶어서 돌아가셨다는 가책을 느끼면서 부부는 밤마다 귀신에게 시달렸고, 가위에 눌려 고생을 하다가 결국 화자를 찾아온 것이다.

'허허, 귀신이 귀신같이 잘도 알아맞히네!'

화자도 스스로 놀란다.

화자의 생각이 아닌 생각과, 화자의 목소리가 아닌 목소리가 말을 한다.

"너희 부부가 정말 잘못했다고 생각하면, 오천 만원만 내놔! 그럼 내가 배불리 먹고 내 자리 찾아가서 더 이상 너희 부부한테 안 나타날게!"

화자가 오천 만원 내고 굿을 해야 한다고 하자 부부는 그렇게 하겠다고 동의한다.

집에 돌아와 아들이 며느리에게 말을 한다.

"아무래도 이상해, 엄마가 저렇게 이를 갈며 한을 품었다는 게 도무지 납득이 안 가, 정말 우리 엄마라면 생전에 그렇게 아끼고 사랑하던 아들을 용서하실 분이지 저럴 리가 없어……."

그러자 며느리가

"여보, 그래도 우리가 잘못했으니까 어머니 한을 풀어드립시다." 한다.

굿을 하기로 한 날 부부가 화자의 신당을 찾아 왔다.

화자와 접신한 귀신이 울며불며 하소연을 하며 원망을 하자 부부는 계속 잘못했다며 저승가실 노잣돈을 넉넉히 드릴 터이니 어서 편안 곳으로 가시라고 손이 발이 되도록 빌고 또 빈다.

부부는 편안한 마음으로 집으로 돌아갔고, 화자도 그 일을 잊어갈 즈음,

다시 부부가 화자를 찾아왔다. 고작 삼 개월이 지난 후이다.

어머니가 또 꿈에 나타나고 가위가 눌려 살 수가 없다는 것이다. 화자는 노잣돈이 부족해서 그런 거라며 다시 굿을 해서 풀어줘야 한다고 말한다.

화자가 다시 시어머니 귀신과 접신을 하자 또 시어머니 목소리를 내며

"나의 한을 풀어주지 않으면 너희 부부와 같이 저승으로 갈 테니 그리 알아!"

아들 부부는 죽는다는 소리에 겁을 먹고 손이 닳도록 빌고 또 빌며 노잣돈을 내놓을 테니 굿을 해달란다.

부부는 자기 어머니의 마음을 달랜다고 빌지만 실상은 어머니를 가장하고 나타난 어떤 한 맺힌 다른 귀신에게 비는 것이다.

화자가 접신한 귀신이 흡족한 듯 다시는 너희들에게 안 나타날 거라며 행복하게 살라며 떠났다고 말하자 아들 부부는 기뻐 어쩔 줄을 모른다.

하지만 석 달도 안 되어 또 찾아와 잠을 못자며 시달린다고 하소연을 한다.

화자는 세 번째 혼신의 힘을 다해 굿을 해서 귀신들을 달랬다. 나중에는 시루떡 위에 십자가를 긋고 칼을 꽂았다.

굿이란 것이, 그 사람의 속에 있는 귀신을 쫓아내기 위해 더 힘센 귀신을 불러 도움을 받는 것 같지만, 사실은 작은 귀신 쫓아내고 더 센 귀신을 불러들이는 결과를 자초하는 것이라는 사실을 부부는 몰랐던 거다.

시어머니에 대한 죄책감으로 불안해하는 것을 알고 귀신들이 시어머니의 목소리를 가장해 시어머니 흉내를 내며 괴롭혔다.

화자는 굿을 하면서 귀신들이 시샘을 하며 심약한 심령들에게 들어가 대접을 받으려 드는 것을 보았다.

심약한 사람을 괴롭힐수록 자주 자주 굿을 하니, 귀신은 거기서 만족함을 얻는 것이다.

세 번씩 거액의 돈을 들여 굿을 해도 소용이 없자 부부는 지칠 대로 지쳐 있었다.

그러던 어느 날 교회에 다니는 친구가 전도를 하러 왔다. 예수이름으로 기도하면 모든 귀신은 물러가게 돼있는데 왜 헛돈을 쓰고 귀신들의 장난에 속았느냐며 내가 귀신을 잘 뽑아내는 능력 있는 목사님을 알고 있다며 교회에 가자고 했다.

친구의 권유로 교회에 간 부부는 정말 예수의 이름으로 명령하고 기도하여 귀신들이 물러가고 마음의 평화를 찾고 편안히 잠을 잘 수 있게 되었다며 화자를 찾아와 그동안 내놓았던 돈을 달라며 사정을 말한다.

"그 돈, 빚 얻어서 드린 거예요. 다는 아니라도 좋으니 일부라도 돌려주세요."

화자는 그들의 담대함에 놀라움을 금치 못한다.

하지만 이미 굿하느라고 들어간 비용을 어떻게 돌려줄 수 있느냐며 절대 줄 수 없다고 맞선다.

이 광경을 정우가 지켜보고 있었다.

실제 아주 평안해져서 온 부부의 모습이 도저히 이해가 안 갔고, 그렇게 두려움에 떨던 부부가 순식간에 저렇게 평화로운 모습으로 바뀌었다는 사실이 믿어지지가 않았다.

"너, 순, 사기꾼 아냐! 세 번씩이나 큰돈을 뜯어 내놓고 어디다대고 오리발이야! 어서 돈 내놓지 못해!"

화자가 돈을 돌려주지 않자 이웃과 친구들이 떼로 몰려와 돈을 돌려주라며 아우성이다.

그런데 정작 부부는 화자와 정우를 향해 예수 믿으라고 설득을 한다.

"예수님을 영접하세요. 하나님은 진짜 살아계십디다. 우리 부부를 보시면 확인되지 않습니까?"

"하나님이 세상을 만드셨는데, 피조물인 우리 인간들이 조물주에게 너무 죄를 짓고 있어요."

그리고는 정우를 향해 간곡하게 말한다.

"젊은 분이 이렇게 엄마 옆에서 기생충처럼 살아가면 안돼요. 예수님을 영접하는 순간 인생을 보는 눈이 달라지게 돼요, 참 가치가 무언지 알게 될 거예요."

그들의 말이 정우에게 충격적이긴 하지만 이상하게 화가 나지는 않았다.

자리에 누워서도 계속 그들의 말이 되씹히고 있었다.

"하나님이 세상을 만드셨어요."

"하나님이 계시는지 알아는 봐야할 것 아니에요?"

엄마가 사기꾼 소리를 들으며 시달리는 것을 본 정우는 마음이 너무 괴로웠다.

"하나님이 계시는지 알아는 봐야할 것 아니에요? 하나님이 계시는지 알아는 봐야할 것 아니에요?"

부부가 한 말이 정우의 귓전을 맴돌았다. 엄마가 사기꾼 소리를 듣는 속상한 사건보다 영혼의 세계가 열리는 듯한 행복한 느낌이

드는 것은 무슨 이유일까?

　며칠 뒤, 입에 거품을 물고 간질을 하는 아들을 데리고 젊은 엄마가 화자를 찾아왔다. 얼마나 이를 갈고 혀를 씹었던지 혀가 걸레처럼 너덜거렸다. 눈을 뒤집어 까고 사지를 뒤트는 아들을 붙잡고 내 아들 좀 살려달라고 애원을 한다.

　아이는 늑대소리를 내며 혀를 씹어댔다. 그러니 엄마의 마음이 오죽하겠는가!

　아들의 속에 들어있는 귀신을 쫓아내려고 화자도 늑대소리를 내며 쫓아 보지만 만만치가 않다. 도저히 귀신들이 꿈쩍도 않는다.

　'조상 중에 아주 악한 사람이 있었나보다…….'

　화자가 귀신을 쫓아보려고 진땀을 뻘뻘 흘려보지만 역부족을 느낀다. 아들을 붙잡고 통곡하는 젊은 엄마가 불쌍해서도 그 아이를 귀신에게서 구해보려 했지만 이제 화자도 손을 들고 말았다.

　'자식이 눈앞에서 저 지경으로 고통을 받으니 그 마음이 오죽하겠는가!'

　화자는 하는 수 없이 시어머니 때문에 왔던 부부에게 전화를 건다.

　"이봐요, 전에 시어머니 귀신을 뽑아줬던 목사님을 만나게 해줄 수 있나요?"

　"아, 그럼요, 그런데 무슨 일이시죠?"

　"우리 집에 온 손님 중에 아주 악랄하게 독한 귀신에 잡힌 애가 있어서요."

　그렇게 해서 모자는 교회로 보내졌다.

　세상에는 참 희한한 일도 다 있지 않는가!

무당이 전도를 한 격이 되었으니.

며칠 뒤 간질환자의 엄마가 배 한 상자를 들고 화자를 찾아와 고맙다고 깍듯이 인사를 한다. 소개해주신 목사님 덕분에 아들이 간질병에서 깨끗하게 놓임을 받았다는 것이다. 이 모든 정황을 지켜보는 정우가 갈등과 번민에 휩싸인다.

어느 날, 화자의 어릴 적 친구인 순덕이가 화자의 신당에 찾아왔다.

화자도 순덕이도 얼른 알아보지 못하고 찬찬 훑어보다가 서로 손뼉을 치며 아는 체를 한다.

"너 화자지? 어머머머머! 너 화자 맞지?"

"너는? 너너너너 너는! 순덕이 맞지!"

둘은 서로를 얼싸안고 반가워한다.

"화자야, 네가 어쩌다! 세상에! 네가 무당이란 말이야?"

순간 화자가 순덕의 얼굴을 천천히 훑어보고 엄격한 말투로 지적을 한다.

"너 고민이 있어서 왔구나! 너 지금 사는 사람이 네 남편이 아닌데!"

순간, 순덕의 속에 있는 귀신이 화자를 노려본다.

화자가 "어이쿠!" 하며 말을 잇지 못하고 순덕의 속에 들어있는 귀신을 노려보고 서 있다.

"순덕아! 너처럼 착한 아이가 왜 이런 귀신을 받아드렸니? 너 여기서 멈추면 안 되겠니?" 하자 순덕이가 한 맺힌 울음을 쏟아낸다.

"화자야, 난 너무 너무 억울해, 그 사람이 비록 본처가 있는 유부

남이지만 나를 끔찍이도 사랑해줬는데, 또 다른 년이 나타나 내 사랑을 모두 빼앗아 가버렸어, 글쎄 그년에게는 다이아반지를 해준 거야, 나한텐 해주지 않았는데 말이야, 난 분해서 못 살겠어, 어떻게 해서든 그 년을 없애버리고 내 사랑을 다시 찾고 싶어."

순덕의 입에서 나오는 소리는 순덕의 말이 아니라 순덕에게 들어간 한 맺힌 귀신이 내는 소리였다.

순덕은 귀신에게 잡혀 있었다.

질투의 몸부림 속에 귀신의 유희가 활발하게 진행되고 순덕의 눈은 잔인하리만치 날카로운 칼날처럼 번쩍였다.

화자의 후회스러운 지난날처럼…….

'이 분노를 어떻게 잠재울 수 있을까?'

화자가 고민하다가 순덕에게 일 끝내고 같이 술이나 한 잔 하자며 잠시 기다리라고 한다.

순덕과 술집에 앉아 아현동에서의 옛 추억을 나누며 신세한탄을 한다.

"순덕아, 너는 남부럽지 않게 자랐잖아, 교장선생님 아버지에다, 부자에다, 공부도 잘했던 똑똑한 아이가 왜 이렇게 험난한 인생을 사니!"

"화자야, 너야말로 집안도 좋고, 공부도 잘했고 얼굴도 예쁜데, 어쩌다 무당이 되었니? 왜 이렇게 된 거야?"

"순덕아, 나처럼 되지 말고 버릴 건 빨리 버려, 그럼 홀가분해져, 그러면 또 다른 사랑이 찾아와, 지금 이 사람과 너는 좋은 인연이 아니야, 그쪽에서 끝내준다면 이건 정말 다행한 일이라고."

"싫어! 화자야, 나 좀 도와줘 난 죽어도 이 사람과 못 헤어져, 내 마음을 그 누구에게도 줄 수 없어, 난 사장님만 있으면 돼. 화자야 나 좀 도와줘!"

순덕은 체면이고 뭐고 없이 엉엉 운다.

"나 그동안 본부인에게 갖은 수모 다 당하면서도 참았어, 그 사람의 사랑만 차지할 수 있다면 난 죽어도 좋았어, 그런데 나쁜 년이 나타난 거야, 난 질투가 나서 치가 떨려서 살 수가 없어, 굿이라도 하면 그 나쁜 년이 떨어져 나갈까? 응?"

그렇게 착하고 순박했던 친구가 가여워 화자도 함께 눈물을 뚝뚝 흘렸다.

"그래, 그 마음, 그 심정, 누구보다 내가 잘 알지, 하지만 다 부질없는 짓이야, 사랑은 변하는 거고, 사랑은 다시 찾아오는 거야, 네가 포기해라 순덕아."

화자는 친구를 구해주려고 순덕의 속에 들어있는 귀신에게 말을 건넨다.

"내 친구에게서 나가라, 제발 불쌍한 사람 괴롭히지 말고 나가!"

허나 귀신은 화자를 바라보며 빙글빙글 비웃고 있다.

도무지 나갈 기세가 없자 화자는 벼락영감에게 도움을 청해보기로 하고 순덕을 달래주었다.

"순덕아, 너 교회 나가라. 그럼, 귀신도 쫓겨나가고 네 인생도 평안해 질 수 있어."

순덕에게 교회 나가라는 말을 하자 순덕의 눈이 살벌하게 바뀌며 절대 싫다고 도리질을 친다.

'여기까지가 나의 한계점이로구나………'

화자가 할 수 있는 것이라곤 연신 술을 따라주고 함께 마셔주는 것밖에 없었다.

화자는 취중에도 순덕이를 집까지 바래다주었다. 헤어지는 길 서로를 얼싸안고 펑펑 울었다.

"네 인생도 불쌍하고, 내 인생도 불쌍하고."

화자는 순덕이가 가여워서 발이 떨어지지 않았지만 벼락영감에게 빌어볼 작정을 하고 발길을 돌렸다.

다음 날 아침 일찍부터 화자는 벼락영감을 불러 순덕을 괴롭히는 귀신을 쫓아달라고 손이 발이 되도록 빌고 또 빌었다. 누가 시켜서가 아니라, 사랑하는 친구의 인생을 구해주고 싶어서였다. 점심때쯤 순덕에게서 전화가 걸려왔다.

"화자야! 어제 고마웠어, 만나서 너무너무 반가웠고, 우리 자주 연락하며 지내자!"

한층 밝아진 순덕의 목소리를 들으며 화자는 지금 자기가 빌고 있다는 말은 아껴두었다.

다음 날도 순덕에게서 전화가 걸려왔다.

"화자야, 사장님이 셋째 년 집에 들어가는 걸 봤어, 어떻게 좀 해봐, 그 년이 내 눈앞에서 죽는 꼴을 봤으면 속이 시원하겠어!"

숨이 넘어가게 우는 순덕, 화자는 할 말을 잊는다.

'저애는 왜 저렇게 흉악한 귀신에 들린 걸까?

그렇게 사는 사람을 흉을 본 걸까?

그 때 귀신이 '요것 봐라!' 하며 들어간 것일까?

본부인이 저를 본 것 같이 저도 보면 좋으련만, 이 여자 저 여자 배신만 하고 다니는 그런 놈이 어디가 좋다고 저러는지……사람이 좋은 건지, 귀신이 씌어서 그러는 건지, 순덕의 질투는 하늘을 찔러대고 있었다.

화자는 이성을 잃고 몸부림치는 순덕을 겨우 겨우 달래놓고 전화를 끊었다.

그리고 이틀 후 순덕이 언니에게서 전화가 왔다. 순덕이가 자살했다는 거였다.

"순덕이가 너를 다시 만났다고 그렇게 좋아했었는데, 너도 알다시피 그렇게 말려도 안 듣더니, 기어이 이런 일을 저질렀지 뭐니……."

순덕 언니의 목소리가 쟁쟁쟁쟁 귓가에 맴돌았다.

'차라리 교회라도 가 볼일이지, 하필 그 독한 농약을 마셨어 그래, 얼마나 힘들고 고통스러웠니…….'

혼자서 중얼거리던 화자의 눈이 갑자기 시퍼렇게 번쩍였다.

"내 이놈을! 내 친구를 이렇게 불쌍하게 만들어 놓고 살기를 바라! 내가 복수해주고 말테다!"

화자가 신당에 들어가 시퍼런 칼날을 입에 물고 저주의 유희를 추고 있다. 장례식장에서 보았던 순덕이 엄마의 한 맺힌 울음소리를 떠올렸다. 순덕 언니가 방바닥을 쥐어뜯으며 울던 모습을 떠올렸다.

그렇게 한 달 동안, 친구의 한을 풀어주기 위해 저주의 칼을 물고 춤을 추었는데, 순덕 언니에게서 전화가 왔다.

"얘 화자야, 세상에 여자가 한을 품으면 오뉴월에 서리가 내린다더니 그 말이 틀린 말이 아니더라, 우리 순덕이를 배신한 그 사장 놈이 살을 맞고 쓰러져서 죽을 날만 기다린다지 뭐냐!"

사장이 쓰러졌다는 소식을 듣고 화자는 매일 밤 추던 칼춤을 그만 두었다.

한 맺힌 귀신이 함께하는 유희는 그 사장을 쓰러뜨리고 말았다.

'내가 또 이 짓을 하다니! 더 이상 복수극은 하지 않겠다고 맹세했었는데……'

화자는 옷을 갈아입고 강원도 정선으로 향한다.

순덕이도, 그 사장 놈도, 진성이도, 벼락영감도 모두 떨쳐버리고 싶었다.

아무 생각 없이 마비된 이성으로 그렇게 며칠 보내고 싶었다.

카지노 안으로 들어서자 꽉 들어찬 어둠의 영들 때문에 잠시 휘청한다.

충동적인 음악소리, 번쩍번쩍 화려한 머신, 뭐 한 탕할 거리가 없을까, 수고도 없이 큰 밑천도 없이 한탕을 잡기 위해 넘실거리는 거지근성을 가진 군상들!

귀신은 사람의 감정과 충동을 조절하지 못하도록 부추기며 사망의 길로 끌고 가는 존재라는 걸, 아는 사람이 얼마나 될까?

결국 자기 인생을 파멸로 몰고 가는 길을 선택하여 본전이라도 찾아보겠다고 슬롯머신을 넘실거리는 군상들을 보며 화자는 혀를 끌끌 찬다.

나는 어쩌다 이렇게 영의 세계를 보는 눈을 뜨게 된 걸까? 시끄

럽고 어지러운 기계 앞에 앉아 화자는 서서히 슬롯머신을 잡아당긴다.

11

두 마음,
아이들이 선택한 길

정우는 거의 실신상태로 하나님을 찾고, 미주는 가끔 신음소리가 새 나오는 걸로 아직 자기 생명이 붙어 있다는 걸 확인시켜 주고 있었다.

사실 화자는 하나님의 존재에 대해 늘 의식하고 있었다. 교통사고로 사투를 벌일 때 이미 지옥의 처참한 광경을 보았기 때문이다. 그러나 화자는 질투에 눈이 멀어 하나님이 아닌 벼락영감의 손을 잡아버렸다.

진성과 정애를 갈라놓을 수만 있다면, 진성을 다시 돌아오게 할 수만 있다면, 자기 영혼이라도 팔 각오를 할만큼 화자는 이성이 마비되어 있었다.

그 후로 화자는 하나님이 두려운 생각이 들 때마다 머리를 털털 흔들어 대곤 했다.

'나도 교회에 다니면서 아이들 보기에 떳떳한 엄마로 정상적인 생활을 하고 싶다.' 라는 생각을 하면 영락없이 벼락영감이 질투를 하며 괴롭혀 댔다.

이제 진성도 없고 더 미워할 대상도 없다. 이제라도 정상적인 생활을 하고 싶다는 마음을 먹었다가도, 벼락영감이 혹시라도 미주와 정우에게 해코지라도 할까봐 날마다 아이들을 보살펴달라고 벼락영감에게 빌고 또 빌었다.

어느 날 외출했던 미주가 얼굴이 창백해져 돌아왔다.

"엄마, 나 세상이 핑핑 도는 것처럼 머리가 어지러워요."

화자는 직감적으로 늘 불안, 불안 했던 일이 닥쳤는가 하여 조바심이 났다.

'내가 정성을 드리지 않아서 벼락영감이 노하셨나?'

'내가 자꾸 딴마음을 먹어서 미주를 괴롭히는 건가?'

화자는 식욕을 잃고 누워있는 미주를 신당에 앉혀놓고 빌고 또 빌었다.

귀신들을 달래보려고 굿을 해도 효험이 없다.

일주일을 밤낮 치성을 드리며 빌어도 미주의 얼굴은 점점 창백해질 뿐이다.

"엄마, 아픈 애를 병원에 데려가야지 밤낮 치성을 드린다고 애가 낫느냐고요!"

정우가 만류하여도 화자는 빌고 또 빌었다.

결국 미주가 의식을 잃고 쓰러져서야 정우에게 미주를 내어준다.

정우가 미주를 떠메다시피 하고 병원으로 가자 화자는 털썩 주저앉아 목 놓아 운다.

"아이고! 불쌍한 내 새끼! 어쩌다 이렇게 팔자 드센 어미를 만나 가지고 엉! 엉!"

11. 두 마음, 아이들이 선택한 길

자신의 욕심과 눈먼 집착이 결국 딸의 인생까지 망치고 있다는 안타까움에 화자가 넋을 놓고 앉아 있는데, 병원에 간 정우에게서 전화가 걸려왔다.

"엄마, 의사가 너무 늦었대! 이 일을 어쩌면 좋아요!"

죽은 사람처럼 늘어진 미주의 팔에서 피를 뽑아가고 사진을 찍어보고 검사를 하던 의사들이 고개를 절레절레 흔들어 댔다. 몸에서 피가 빠져나가는 희귀병이라는 말만 할 뿐이었다.

"우리 동생 좀 살려 달라"며 애원을 해봤지만 이미 늦었다는 말만 되풀이 할 뿐이었다.

넋을 놓고 있던 정우는 갑자기 전광석화 같은 생각이 떠올랐다.

"맞아, 교회로 데리고 가보자, 거기 가면 우리 미주를 살릴 수 있을 거야!"

정우는 어떤 끈에 이끌려 딸려가는 사람처럼 병원에서 제일 가까운 교회로 향했다. 빨간 십자가를 따라 찾아간 교회는 아주 작고 허름한 지하실에 있었다.

미주를 업고 어두침침한 교회에 들어서는 순간, 정우의 마음에 말할 수 없는 평화가 찾아왔다. 마침 교회에서는 목사님과 사모님이 기도를 하고 계셨다.

인기척을 듣고 고개를 돌린 목사님의 눈이 휘둥그레진다. 왜 안 그렇겠는가! 곧 숨이 떨어질 듯 축 늘어진 젊은 아가씨와 그를 업고 나타난 젊은 청년, 정우는 다짜고짜 우리 동생을 살려달라고, 우리를 도와달라고 자초지종 애원을 했다.

함께 기도하던 몇몇 사람이 방석을 깔고 거기에 미주를 눕히라고 했다. 미주를 눕혀놓고 뺑 둘러앉아 목사님과 교인들이 찬송가를 불러 주었다.

정우는 한 번 도 해본 적이 없는, 할 줄도 모르는 기도를 하나님께 드렸다.

무조건 "하나님! 하나님!" 목이 터져라 하나님의 이름만을 불러 댔다.

정우는 거의 실신상태로 하나님을 찾고, 미주는 가끔 신음소리가 새 나오는 걸로 아직 자기 생명이 붙어 있다는 걸 확인시켜 주고 있었다.

정우가 하나님의 이름을 목이 터지도록 부르다가 잠이 들고, 그 시각, 미주는 자기가 몸 밖에 있는지 몸 안에 있는지 모른 채 예수님을 만나고 있었다.

"미주야!" 하는 뚜렷한 음성이 들리면서 아주 하얗고 투명한 옷을 입은 예수님이 다가와 물어 보셨다.

"미주야! 내가 네게 무얼 해주기를 원하느냐?"

분명 소리가 되어 들리기는 들리는데 그건 평소에 듣던 사람들의 목소리와는 달랐다. 우렁찬 물소리처럼 우렁차면서도, 아주 평화롭고 따스한 감동이기도 했다.

그건 분명 귀로 들리는 소리가 아니라 마음으로 울려 퍼지는 울림이었다.

"누구세요? 누구신데 제 이름을 아시죠?" 미주가 묻자,

"나는 하나님의 아들 예수 그리스도란다!" 하는 똑똑한 음성이 들려왔다.

"예수님! 아! 당신이 말로만 듣던 예수님이시군요! 저에게 피를 주세요. 제 몸에 있던 피가 다 빠져나가고 없어서 저는 지금 죽어가고 있어요."

그러자 예수님이 미주의 위로 가시더니 머리부터 발끝까지 계속 피를 부어주시는 것이 아닌가!

"아! 예수님! 고맙고 감사합니다!" 미주가 환희에 들떠 노래하듯 감사 인사를 올린다.

'이게 꿈일까 생시일까? 지금 나는 내 몸 안에 있는 것일까 몸 밖에 있는 것일까?'

영혼의 세계를 맛본 미주는 온 몸에 말할 수 없는 희열을 느꼈다.

미주가 잠깐 눈을 감은 사이 그 분이 어디로 가신 건지 보이질 않았다.

예수님을 찾으려고 두리번거리며 몸을 일으키는데, 몸이 가뿐하고 상쾌해졌음을 느낀다. 영혼의 기쁨이 터져 나오면서 미주가 큰 목소리로

"아! 하나님, 감사합니다!" 하며 벌떡 일어난다.

잠깐 잠이 들었던 정우가 깜짝 놀라 미주를 바라본다.

"어… 어… 미주야! 너 괜찮아? 응?"

정우가 놀라서 미주를 얼싸안는다.

"오빠, 이거 꿈 아니지? 응? 생시가 맞지?"

미주가 정우의 볼을 꼬집어보다 자기 볼을 꼬집어보다 기쁨을 감추지 못한다.

이 광경을 지켜보던 목사님과 교인들이 박수를 치며 환호한다.

함께 밤을 새워 기도했으니 왜 안 그렇겠는가!

그 시각, 화자는 거의 실신상태로 신당에 누워 사경을 헤매고 있었다.

이렇게 미주를 놓치고 마는 건가?

진작 그 애들을 이 귀신 소굴에서 내보냈어야 했는데, 미주가 깨어난 사실을 모르는 화자는, 더 늦기 전에 정우라도 교회에 보내야 되겠다고 작정을 한다.

집에 돌아온 정우는 모든 사물들을 물끄러미 바라보고 있다.

'꽃, 나무, 고양이, 산, 물, 강아지, 구름, 하늘……'

목사님은 이 모든 것을 하나님이 만드셨다고 했다. 학교에서 배운 대로 모든 생명체가 진화해간다면, 지금쯤이면 말하는 원숭이가 돌아다녀야 하는 것 아닌가?

지금까지는 내가, 내 머리로 생각하고, 내 다리로 걸어 다니고, 내 손으로 일을 했다고 생각했는데, 그게 아니라는 말인가? 사경을 헤매던 미주를 위해 기도하며 정우는 생각했었다.

'그렇다면 산 사람과 죽은 사람의 차이가 뭘까?'

산사람은 생각을 하고, 말을 하고, 걷고, 물건을 만지고, 노래를 한다.

그럼, 죽은 사람은? 죽은 사람도 똑같이 입이 있는데 말을 못하고, 다리가 있는데 걷지를 못하고, 머리가 있는데 생각을 못한다.

그렇다면, 내가 내 머리로 생각하고, 내 다리로 걸었던 게 아니라, 내 머리가 생각을 하도록, 내 다리가 걷도록, 내 입으로 말하도록 하는 어떤 힘이 존재한다는 말이 아닌가?

내가 내 인생의 주인이라면, 내가 내 몸의 주인이라면, 나는 내 몸더러 아프지 말라고 주장할 수 있어야 한다. 나는 내 몸더러 키가 25cm 쯤 더 자라라고 할 수 있어야 한다. 내 몸더러 500살까지 살라고 명령할 수 있어야 한다.

적어도 내 몸의 주인이 나라면 그렇게 해야 한다.

그런데? 나는 내 몸을 내 맘대로 해본 적이 있었는가?

내 몸의 체온이 항상 36.5도를 유지할 수 있다는 신비한 사실에 대하여 생각해 보았다.

정우가 창조주의 존재에 대하여 자신의 인생에 대하여 깊은 생각에 빠져 있을 때 화자가 정우를 부른다.

"정우야! 어차피 미주는 이 세상 사람이 아닐 뻔 했으니 네가 미주를 데리고 교회에 나가라, 하나님이 살려주셨으니까 그래야 안 되겠니?"

"…… !"

"엄마 옆에 있으면 너희들에게 자꾸 화가 닥치니까, 엄마와 인연을 끊고 이 집에서 나가서 살도록 해라. 미주는 네가 잘 보살펴주고."

"엄마, 다 죽었던 미주가 살아난 마당에 뭐가 두려우세요? 하나님이 생명의 주인이라는 걸 엄마도 보셨잖아요. 그러니 엄마도 같이 교회에 나갑시다."

"안 돼, 정우야, 그럼 벼락영감이 싫어해, 너희들에게 어떤 해코지를 할지 몰라 그러니 미주 데리고 너희만 나가서 살아라. 무당은 내 대에서 끝나야 않니, 비록 엄마가 무당이다마는 너희들은 나가서 무시당하지 말고 당당하게 살아라."

"엄마를 두고 어디를 가요? 우리가 엄마를 지켜 드릴 거예요. 같이 하나님 섬기면서 행복하게 살아요. 엄마."

"정우야, 그러지 말고 공덕동 사시는 작은 할머니를 찾아가라, 그 할머니는 옛날부터 예수만 믿는 신앙이 좋은 분이야, 거기가면 도움을 주실 거야."

화자가 눈물을 흘리며 다소간 돈과 패물을 정우 손에 쥐어준다.

나는 죽어가더라도, 자식만큼은 살려내겠다는 어머니, 살신성인 하는 화자의 마음에 정우와 미주는 고개를 들 수가 없다.

귀신에게 놀아나는 무당이라 해도, 범이 제 새끼 잡아먹는 일은 없는 법이다.

"엄마, 엄마도 꼭 하나님을 만나야 해요, 그래서 이 어두운 생활을 청산할 때가 반드시 올 거예요. 빛이 들어오면 어두움은 사라지게 돼 있어요. 저는 미주와 함께 그 분의 빛을 봤어요. 꼭 좋은 모습으로 엄마 뵈러 올게요."

미주 역시 엄마를 얼싸안고 눈물을 흘린다.

"엄마, 하나님이 나를 통해서 우리 가족에게 하나님의 존재를 보여주시는 것 같아요. 엄마 딸 속에 계시는 하나님을 엄마도 만나세요. 그래서 엄마가 무당노릇 하지 않고, 우리 세 식구 행복하게 화목하게 평화롭게 살게 해달라고 기도할게요."

엄마와의 이별은 또 시작되었다. 정우와 미주는 굿하러 왔던 부부가 다니는 교회에 등록을 하고 교회 옆에 방 두 개짜리 조그만 집을 얻어 이사를 했다.

누구보다 정우 남매를 반겨주는 것은 그들 부부였다. 살림에 필요한 가재도구들을 구입해주며 살뜰히 보살펴 주었다.

자신의 돈을 떼어먹은 무당의 자식들인데 불편해 하기는커녕 그 어둠의 소굴에서 용기 있게 잘 빠져나왔다며 늘 격려해주었다.

간질을 심하게 하던 모자도 교회에 열심히 다니고 있었다. 아들의 얼굴은 아주 평화로워 보였고, 혈색도 건강해 보였다.

'무당집이나 전전하던 사람들이었는데, 귀신이 떠나면 저렇게 사람이 달라지는구나! 우리 엄마도 저렇게 될 수 있어!' 정우는 희망을 갖게 된다.

목사님이 추천서를 써주시며 정우가 신학교에 다니도록 배려해 주셨다. 밥도 교회에서 먹을 수 있도록 조치해 주셨고, 정우는 신학생 대우를 해주시며 심방을 다닐 때도 꼭 데려가 주셨다.

미주는 교회에서 사무 일을 도우며 생활비에 보탤 수 있도록 사례비도 주셨다. 엄마 옆에 있을 때는 풍족하게 먹고 살면서도 늘 마음이 불안했었는데, 지금은 모아 놓은 생활비 한 푼이 없는데도 마음이 평안했다.

무엇보다 다행인 것은 미주가 정상적으로 생활한다는 것이었다. 정우는 자리 잡히는 대로 미주도 대학교에 보내야겠다는 결심을 한다.

남매는 불쌍한 엄마를 위하여 매일 밤 철야기도를 했다. 엄마의 몸속에서 요동치는 정체를 쫓아내서 엄마가 편안한 삶을 살게 해 드리고 싶어서다.

예배를 드리고 설교 말씀을 들을 때마다 미주는 인간들이 지은

죄로 인하여 악한 영에게 구속된 생활을 하고 있다는 사실을 깨달 았다.

그런데 하나님이 말씀하시는 죄는 세상이 말하는 도덕적 윤리적 인 것을 어기는 것만이 아니라, 바로 하나님을 믿지 않는 것이라는 사실을 깨달았다.

"아! 하나님을 몰랐습니다. 용서해주세요."

"분명히 살아계신 하나님, 죄를 싫어하시는 하나님!"

말씀을 들을수록 엄마의 영혼이 불쌍해서 미주와 정우는 울며 기 도하고 있었다.

하루는 정우가 엄마생각을 하다가 잠이 들었는데,

"정우야, 정우야 어서 나와 봐!"하며 부르는 소리가 들렸다.

분명 옆엔 엄마가 없는데, 그렇다면 이건 귀신의 장난이로구나!

눈을 뜨면 소리가 사라지는데, 눈을 감으면 또 부르는 소리가 들 린다.

정우는 머리가 쭉쭉 설정도로 소름이 끼쳤지만 당황하지 않고 목 사님이 가르쳐 주신대로 기도를 했다.

"내가 나사렛 예수의 이름으로 명하노니, 더러운 귀신아! 우리 엄마 목소리 흉내 내지 말고 물러가라!"

계속 기도를 하니 소리가 들리지 않는다. 귀신의 존재는 예수님 의 이름 앞에서 먼지처럼 사라진다.

이튿날 정우는 목사님을 찾아가 상담을 하며 기도부탁을 드렸다. 목사님은 재차 예수이름으로 물리치는 법을 가르쳐 주셨다.

"정우야! 예수님의 이름에는 권세가 있는데, 그 권세는 예수 이름을 믿는 자들에게만 주어진 거야. 예수님이 함께 하시니까 두려워하지 말거라!"

밤이 되자 또 귀신이 엄마 목소리를 가장해 정우를 불러낸다.

"정우야, 정우야, 나와 어서!"

정우가 목사님이 가르쳐주신 대로 소리를 치자 어떤 그림자 같은 형체가 볼품없이 스르르 작아지며 사라져 버린다.

'예수님의 이름에 이런 권세가 있다는 것을 알게 되어서 얼마나 다행인가!'

이건 직접 체험해 보지 않고는 아무리 말해줘도 믿기 어려운 일이다.

예수의 이름만 부르면 꼼짝 못하는 귀신,

귀신은 허깨비가 아닌가!

정우가 지나가자 동네 아줌마들이 수근 거린다.

"쳇, 무당 아들이 신학교에 다닌다니, 살다가 별꼴을 다보네 그랴!"

"지 엄마가 모신 신이랑, 하나님이랑 곧 한방 붙겠구만 그려 쯧쯧쯔!"

정우는 사람들의 시선에 신경 쓰지 않기로 했다.

'불쌍한 내 엄마가 지옥에 가느냐 천국에 가느냐가 달려있는데, 이제 엄마를 구원해 낼 길을 알게 됐는데, 신학을 포기할 줄 아느냐?'

정우는 미주 아빠가 죽던 날 눈을 번쩍이며 들어오던 엄마의 그 눈을 잊을 수가 없다. 엄마의 눈 속에 또 하나의 다른 영이 들어가서 눈이 시퍼렇게 바뀌며 이상한 목소리를 내던 그 때 엄마의 모습을······.

왜 벼락영감 귀신이 내 엄마에게 들어가 엄마를 조종하는지,

점을 치러 온 사람들 말처럼 지나간 것은 어떻게 그렇게 잘 알아맞히는지,

눈에는 보이지 않지만 엄연히 존재하는 또 하나의 세계가 궁금하기 짝이 없다.

정우는 하나님이 세상을 말씀으로 창조했듯이,

언어를 사용하는 인간에게도 말에 대한 권세가 있음을 깨달았다.

정우는 엄마에게 점을 치러 왔던 사람들의 경우를 곰곰이 생각해 봤다.

사실 화자가 미래를 알아맞히는 것은 거의 반반이다.

설령 맞혔다 해도 말이 씨가 된 경우도 있었다.

그렇다면 나쁜 일을 잘 맞히는 것은 왜일까?

그건 아마도 귀신의 속성이 본래 악하니까 나쁜 것을 잘 맞히는 것이 아닐까?

아니면 그렇게 믿는 본인의 생각 때문에 맞힌 것이라고 착각하는 것일 수도 있고.

말에 어떤 힘이 있다는 것을 누가 부정하랴?

분명한 것은 부정적인 말을 하면 부정적인 일이 일어나는 거다.

사람들이 흔히 기분 나쁜 말을 들으면, "에이, 재수 옴 붙었네." 라고 한다 던지,

부정적인 말하면, '부정 탄다.' 고 하는 것도 다 말의 위력을 인정

하는 것이 아닌가?

 엄마를 도우면서 정우는 귀신들이 좌우하는 영의 세계에 눈이 띄었다.

 이제 하나님의 말씀을 읽으면서 영안이 열리는 것을 느낀다.

 부정적인 말에는 꼭 귀신이 붙어서 망하게 하고,

 긍정적인 말을 할 때는 천사가 붙어서 그 말을 결과로 이루어 낸다. 안타까운 건, 자기가 저주한 말 때문에, 자기가 저주를 받게 되는 거다. 하나님은 분명 자기가 뱉은 말로 그 사람을 심판을 하실 것 같다. 우리가 사는 우주 공간에 우리가 뱉어 놓은 말들이 녹음된 것이 느껴진다.

 어느 날 정우가 외할머니를 만났을 때다.

 "정우야, 미주야, 한 집에서 두 신을 섬기면 안 돼" 하면서 정우와 미주가 교회에 나가는 것을 반대하셨다.

 "할머니, 더 이상 망할 게 뭐가 있어서 겁을 내세요. 이보다 더 나쁜 상황이 뭐가 있겠어요? 우리는 엄마 눈에 있는 이상한 세력을 뽑아내서 엄마가 자유롭게 사실 수 있도록 해드릴 거예요. 엄마가 귀신에게 휘둘리는 걸 더 이상 지켜보고만 있을 수는 없어요."

 정우가 단호한 어조로 말씀드렸다.

 당신 딸을 위한 일이라니 할머니는 더 이상 말을 잇지 못하셨다. 할머니는 작은 소리로 "워낙 쎈 신을 모셨어……" 하신다.

 "할머니, 걱정 마시고 할머니도 저희들과 같이 엄마를 위해 기도 하시지요."

 정우가 권하자 할머니는

"아직은 아니야……."

하시며 처량 맞게 발길을 돌리신다.

할머니 두 분이 어쩌면 그렇게 생각이 다르실까?

정우가 작은 할머니를 찾아갔을 때, 할머니는 반색을 하시며 정우가 교회에 나가는 것을 축복해주셨다.

"정우야, 맘 단단히 먹고 힘내! 하나님이 너를 반드시 크게 사용하실 거야. 너에게 남과 다른 일들을 경험하게 하신 것은 반드시 너를 쓰시기 위한 훈련인 거야."

작은 할머니는 하나님께서 미주를 살려주셨다는 소식을 들었다며

"너희 집에도 희망이 보인다. 그 똑똑한 화자가 무당이 됐다고 해서 얼마나 기도를 많이 했는지 모른다. 너의 할머니는 아무리 전도를 해도 안 되고……."

어렸을 때 저렇게 좋으신 할머니를 왜 싫어했었을까? 집에 다니러 오시면 억지로 인사를 하고 골을 부렸었다. 영적으로 안 맞아서 그랬던 걸까?

"정우야, 사람들이 아무리 하나님이 없다고 우겨도 하나님은 계신단다. 공기도, 사랑도, 질투도, 눈에 안보이지만 우리가 느끼고 엄연히 존재하는 것처럼, 아무리 하나님을 있네, 없네, 해도 그 사람들의 의견과 상관없이 하나님은 우리들의 인생을 인도하고 계신단다."

"네에, 할머니, 저희 가정을 살려내는 길은 하나님을 믿는 길밖에 없다는 걸 저도 알아요. 저희 가정을 위해서 기도해주셔서 감사합니다."

정우는 하나님을 만나면 물어보고 싶은 게 너무나 많았다.

정우가 예수 믿기로 작정을 하고 할머니 댁에 가서 마지막 아버지의 제사를 지내던 날이다.

"할머니, 저도 이제 교회 나가요. 올해까지만 아버지 제사를 모시고, 내년부터는 기독교식으로 추도 예배를 드릴 거예요."

"그래, 네가 알아서 하려무나, 죽어서 이미 진토가 된 사람이 제사를 지내는지, 굿을 하는지 알기나 한다니!"

하나님을 믿기로 작정을 하고 마지막 제사를 지내던 날 밤이다.

엄마를 닮았던지 어렸을 때 정우도 가끔씩 귀신의 세계를 보고는 했었다.

제사를 지낼 때 조상님과 아버지가 절을 받는 것을 본 적도 있다.

(사실 얼굴도 모르는 분들이긴 하다.)

마지막 제사를 드리기로 한 날 정우가 절을 하려고 제사상 앞에 서 있었는데, 제사상 앞에 앉아있던 아버지와 할아버지라고 믿었던 모습이 검은 연기가 되어 사라지는 게 보였다. 이게 무슨 조화 속인가! 그렇다면 지금껏 조상님과 아버지께 제사를 드린 것은 다 귀신을 섬겼던 거란 말인가! 정우는 허탈한 마음이 들었다.

'하긴, 돌아가신 아버지가 나를 도와줄 능력이 있다면, 엄마와 내가 이 지경이 되도록 보고만 있었겠는가!'

세상에 어느 부모치고 자식이 어려움 당하는 걸 지켜볼 부모가 있겠는가!

죽은 조상이 후손들을 돌보아 줄 수 있었다면, 세상에 고생하고, 아프고, 못살, 자식이 어디 있겠는가! 정우는 이승과 저승의 삶 자체가 다르다는 것을 깨닫는다.

또 한 번의 체험과 확신을 가지고 교회로 돌아간다.

정우는 사관학교를 졸업하고 장교가 되기를 꿈꿔왔는데 본인의 의지와 상관없이 엄마로 인하여 영의 세계로 들어가고 있다.

아이들을 교회 옆으로 내보내고 화자는 행여라도 벼락영감 귀신이 아이들을 건드릴까봐 지극정성 벼락영감을 섬겼다.

"벼락영감이 그렇게 신통하게 잘 맞춘다더라!"

소문이 나면서 화자의 신기는 날로 신통해져 갔다.

하루는 한 남자가 점을 보겠다고 화자를 찾아왔는데, 귀신을 보는 능력이 생긴 화자가 그 남자를 보자마자 귀신과 접선을 시도하는데, 그 남자의 몸속에 갇힌 귀신이 똬리를 틀고 있는 게 보였다.

정말이지, 사람도 가지가지지만, 귀신도 가지가지다. 들어간 장소도 가지가지고, 들어간 귀신의 종류도 가지가지다.

그런데 이 남자에게는 음란귀신이 들어가 깊이 자리 잡고 앉아있는 게 보인다.

화자가 귀신과 이야기를 한다.

"너 언제 이 사람에게 들어갔느냐?" 그러자 귀신이 대답을 한다.

"이 남자는 야한 비디오를 너무 좋아해, 야한 비디오를 좋아하는 사람하고 우리는 같이 지내, 하루 종일 눈만 뜨면 그 생각을 하게 만들 수 있거든, 야한 비디오 많이 보면 그 다음 순서는 불륜에 빠지게 만드는 거지, 그리고 가정을 깨뜨리는 거지, 젊거나 나이 들거나, 무식하거나 유식하거나, 제 아무리 점잖은 사람도 우리가 들어가면 어쩔 수가 없어, 어딜 가나 음침한 곳이 많고, 음란한 비디오가 수도 없이 만들어지기 때문에 우리가 지낼 육체는 널리고 널렸어, 우리가 들어간 육체들마다 광란하듯 미쳐 자빠지는 걸 보면 얼마나 재미가 있는지 하! 하! 하! 인간들에게 세상에서 제일 재밌는 게 뭔지 아나? 여자와 도박이야, 제가 망가지고 추해질 걸 뻔히 보면서도 빠져드는 걸 보면 역시 인간들은 죄를 좋아하고 향락을 좋아한다니까, 어리석은 것들!"

화자는 어이가 없어 당장 그 남자의 몸에서 나오라고 호통을 치지만 어림도 없다.

남자는 화자에게 지금 젊은 여자와 사귀고 있는데 본처와 이혼하고 이 여자와 살고 싶은데 본처가 이혼하는 조건으로 큰돈을 요구하니까 돈 안주고 떨어지게 부적을 하나 써달라고 애원이다.

'돈도 많으면서, 위자료를 안주려고 부적을 써 달라 이거야!'

지난 날 생활비 한 푼을 안 주던 진성이 생각나며 눈에서 불이 번쩍한다. 화자가 남자에게 호통을 친다.

"애하고 먹고 살게는 해주면서 이혼을 해도 해야지, 아무리 젊은 년한테 미쳤기로 서니 처자식을 길바닥에 버리려고 해! 이 나쁜 놈아!"

그러자 화자의 신당에서 구경을 하고 있던 거지 귀신이 야릇한 미소를 지으며 남자의 몸속으로 쏙 들어간다.

화자는 일부러 보고도 막지 않았다.

"천하에 괘씸한 놈, 애는 어떻게 하라고!"

화자의 호통을 듣고 있던 남자가 얼굴을 붉히며 돌아가고 나자, 화자는 몸에서 기운이 쪽 빠져 나가는 것을 느낀다.

화자가 다음 손님을 받았다. 이번에는 두 남자가 같이 들어오는데 이상한 기운이 돈다. 자기들은 결혼할 사이란다. 남자끼리 결혼을 하겠다는 말에 화자가 두 남자 속의 귀신과 접신을 한다.

"너는 언제 이 사람한테 들어갔느냐?"

귀신이 대답을 한다.

"나는 이놈들이 같이 야한 비디오를 볼 때 들어갔다."

"왜 남자끼리 좋아지게 만들었느냐?"

"그거야 제 놈들이 남자들끼리 좋아하는 장면을 보면서 재미있어하니까 들어갔지."

순간 화자의 눈에 힘이 약한 귀신이 마음이 착한 남자에게 들어가 활개 치는 것이 보인다. 화자는 즉시 귀신을 쫓아내 주었다.

또 한 남자의 귀신도 뽑아주려 하는데 워낙 자리 잡은 지 오래되어 도무지 꿈쩍을 않는다. 귀신이 쫓겨나간 남자가 친구를 보더니 아주 징그럽다는 표정을 하고 기겁을 하며 도망친다.

사업이 잘 되겠느냐고 물으러 왔다가 귀신 하나가 빠져나가는 바람에 헤어지게 된 경우다. 친구에게 버림받은 남자가 화자를 찾아와 따지지만 화자는 그 상황들을 설명해 줄 수가 없었다.

솔직히 말해주었다간 친구에게 미친 남자가 원상복구해내라고 난리를 칠 게 뻔 하기 때문이다. 한 사람이라도 정상인이 되어 다행 아닌가! 화자는 속으로 중얼거린다.

"그래도 그 집 엄마는 손자를 보게 되었네."

12

두 세계,
삶과 죽음의 갈림길

'왜 우리 엄마는 이 방법을 몰랐을까?'
'우리 엄마도 용서하는 법을 배우고, 다시 돌아오도록 기다려 주었더라면……'

화자는 점점 영적세계에 대하여 눈을 뜨게 된다.

'아하! 인간들이 고생을 자초하는구나, 어째서 그렇게 잘못된 생각을 하고, 잘못된 방법을 택하고, 잘못된 길을 찾아가는가? 어째서 그렇게 남의 것을 탐하고, 욕심을 내는가?' 화자는 안타까운 마음이 들었다.

귀신들이 인간들의 이런 잘못된 죄의 습성들을 타고 들어와 주인 노릇을 하며 망하게 하고, 죽게 하고, 병들게 하고, 이혼하게 하고, 도둑질하게 하는 것을 저들은 왜 모른단 말인가! 두 마음이 싸우는 걸 느낀다.

애시 당초 좋은 마음, 베풀려는 마음, 양보하는 마음, 배려하는 마음, 나눠가지려는 마음을 가지면 귀신은 발붙일 곳이 없어질 텐데…….

이런 세상을 보고 아는 화자 자신도 벼락영감의 조종에 끌려 다닐 수밖에 없다니?

이 또한 모순중의 모순이 아닌가!

어느 날 두 남자가 동시에 점을 봐달라고 들어왔다. 순간 화자가 벌벌 떨며 한 사람을 가리키며 소리를 지르며 산당 밑으로 고개를 처박으며 숨는다.

"나가! 당신은 나가!"

알고 보니 둘 중의 한 사람은 막 교회를 개척한 젊은 목사였다. 하도 교회가 부흥이 안 되니까 친구가 무당에게 가서 점이나 쳐보자고 해서 따라온 초보목사였다. 어이없게 무당에게 쫓겨난 목사는 그래도 돌아가면서 위로를 얻는다.

"아하! 나는 귀신도 알아보는 목사로구나! 그렇다면 나도 잘 할 수 있겠구나!"

화자가 어찌나 떨었던지 맥이 풀려 한참을 쉬었다가 다시 점을 치려하는데

벼락영감이 아주 숨어서 나오질 못하고 있다.

"오늘은 손님을 돌려보내야겠어." 벼락영감이 소리도 못 내고 벌벌 떨자 화자가 혼잣말로 중얼거린다.

"목사가 그렇게 무서운가? 그럼 나도 목사나 될까?"

그러자 벼락영감이 "안 돼, 넌 내거야!" 소리를 치며 부르르 떤다. 점치러 오는 사람들은 대부분 마음이 약한 사람들이다.

귀신에 시달리고 사는 게 불쌍해서 작은 귀신들은 뽑아서 보내지만, 워낙 센 귀신, 큰 귀신이 자리 잡은 사람은 뽑아 줄 수가 없다.

귀신이란 게 본래 더 힘센 귀신을 데려와 작은 귀신을 몰아내주는 것인데, 그랬다간 작은 거 잡자고 더 큰 거 끌어들이는 형국이 벌어지기 때문이다.

점을 치러 온 남자 손님 중에 더러는, 화자의 빼어난 외모를 보고 반해 사귀어 보자고 유혹을 하기도 한다.

화자는 그런 날 밤이면 영락없이 음란한 생각들에 사로잡혀 시달리곤 했다. 벼락영감이 음탕한 짓을 하며 밤새 화자를 괴롭히는 날이면 점괘가 나오지 않아 진땀을 빼기도 했다.

손님들을 돌려보내고 화자는 모처럼 한가한 시간을 보낸다. 가만히 누워 회상해 보니 자기도 어렸을 때 교회에 다녔던 기억이 난다. 여름성경학교 때 재미난 노래와 율동도 배우고, 만들기도 하고 성경공부도 하고 찬송가도 불렀던 기억이 난다.

"맞아, 그 때 준하 오빠 따라서 인숙이랑 교회에 갔었는데……."

교회에 가면 과자도 주고 사탕도 주곤 했다. 주전부리가 귀하던 그 시절, 화자는 과자를 받으면 먹는 시늉만 하다가 인숙에게 주곤 했었다.

'준하 오빠……. 늘 내 곁에 있어주던 준하 오빠!'

어린 시절을 떠올리면, 곧장 함께 다가오는 존재 준하 오빠! 어쩐지 늘 힘이 없어 보이고 풀이 죽어 보이던 준하 오빠!

준하 오빠는 머리가 좋아서 주일학교 선생님이 성경 말씀을 암송하라고 하면 제일 먼저 그걸 외워서 발표하곤 했었다.

"하나님이 세상을 이처럼 사랑하사 독생자를 주셨으니 누구든지 예수 믿으면 멸망하지 않고 영생을 얻으리로다, 요한복음 3장 16

절" 손가락으로 유희를 하며 곡조에 맞추어 외우던 말씀이 생생하게 떠오른다.

미국으로 들어가기 전, 횡단보도에서 스쳐지나갔던 준하 오빠의 모습을 떠올리며 화자는 자신의 이름을 빼곡하게 적어 전해줬던 그 노트가 지금 어디에 있더라? 생각해 본다.

점을 쳐주다 보면 점괘도 안 나오고 불쌍하고 답답한 생각이 드는 사람이 있다.

그럴 때 화자는 "이런 데 찾아다니지 말고 교회에나 나가!" 라고 소리를 지른다.

물론 정우 때문만은 아니다. 영계를 보는 화자에게는 또 하나의 밝은 세상이 보이기 때문이다.

목사님들이 교회에 나오라고 하면 입에 거품을 물고 반대를 하던 사람도 무당이 교회에 나가라고 하면 고분고분 말을 잘 듣는다.

그렇게 화자를 통해서 생전 처음 교회에 나가게 된 사람들이 꽤 있었다.

전도도 무당이 해야 잘 되다니 원 세상에⋯⋯

한 번은 술을 너무 마셔서 폐인이 된 사람이 찾아 온 적이 있다.

화자는 이 사람을 살리고 싶으면 교회로 데리고 나가라고 함께 온 부인에게 권면한 적이 있다. 화자의 말대로 아내의 손에 이끌려 교회에 갔던 그 주정꾼은 목사님의 안수기도를 받고 거짓말처럼 술을 끊고 새사람이 되었다고 했다.

목사님이 이 사람의 머리에 손을 얹고 기도를 하는 순간, 뒤로 벌렁 자빠지더니 입에 거품을 물고 몸을 부르르 떨고 구토를 하더니

12. 두 세계, 삶과 죽음의 갈림길 (189

힘이 빠져 그대로 잠이 들더라고. 그리고 집에 돌아오더니 술은 보기만 해도 어지럽고 토할 것 같다면서 찾아온 친구들도 그냥 보내더란다.

그리고 다음 주일에 교회에 갔다 와 잠간 낮잠을 자는데, 비몽사몽간에 자기 몸에서 작은 뱀들이 수도 없이 빠져 나가는 것을 봤다고. 그리고 깨어보니 정신도 몸도 그렇게 가볍고 거뜬해졌단다.

술주정뱅이를 정상인으로 만드시는 하나님은 화자가 귀신만 쫓아내주는데 그치는 것과는 차원이 다르다는 생각을 했다.

무당은 나처럼 보는 데까지가 한계라면, 하나님은 보기도 하시고, 뽑아도 주시고, 우리 미주처럼 살려내셔서 새 사람으로 사는 데까지 도와주시는 분이라는 생각을 하며 화자는 혼자 고개를 끄덕인다.

어느 날 술집을 운영하는 여자가 자기 종업원들을 데리고 점을 보러왔다.

말인즉슨, 그동안은 영업이 잘되었었는데, 술집 옆에 교회가 들어오면서부터 장사가 안 된다는 거다. 아무래도 우리 술집이 장사가 안 돼서 나가게 해달라고 기도하는 모양인데 어떻게 하면 좋겠냐는 거다.

그렇다면 술집 주인은 하나님이 계신 것을 믿는다는 말인가!

술집 망하게 해달라고 기도하는 사람들보다, 그들이 기도하면 자기 술집이 망할 거라는 더 좋은 믿음을 가졌단 말인가! 화자는 혼자 피식 웃고 말았다.

본인은 정작 무슨 말을 하는지 모르지만, 자기 말 속에 믿음이 들어있다는 것을 알기나 하는지? 이런 사람들이 왜 점을 보러 오는지 화자는 어이가 없다는 생각을 한다. 굳이 장사가 잘 되도록 부적을 써달라는 통에 부적을 써주기는 했지만, 그게 무슨 효력이 있겠는가? 화자는 속으로 생각을 한다.

한편, 정우는 여러 사람들의 도움을 받으며 신학교에 다니고 있었다.

워낙 정우의 배경이 독특하여 능력 있는 목사님들이 관심을 가져 주셨고, 그 분들을 통해 또 다른 영의 세계가 보이기 시작했다.

목사님들은 날마다 깨어서 무장하고 있지 않으면 마귀가 우는 사자처럼 우리를 삼켜버릴 거라고 격려해 주셨다.

엄마가 용한 무당인데 아들이 신학을 한다는 소문이 돌면서 주변뿐 아니라 교계에서도 정우에게 지대한 관심을 보였다.

정우가 교육전도사로 일하고 있을 때 한 집사님이 울면서 정우를 찾아왔다.

"전도사님이 기도에 능력이 많다는 소문을 들었어요. 저희 가정을 위해서 기도 좀 해주세요."

"그래, 무슨 걱정거리가 있으신데요?"

사연인즉, 집사님의 남편이 신앙생활을 잘 하던 사람인데 어느 날부터 여자에게 빠져 가정도 교회도 자식도 못 알아보는 지경이 됐다는 거다. 그런데 이상한 것은 집사님이 그렇게 사랑하던 남편이 눈도 마주치기 싫다는 거다. 남편의 눈을 보면 아주 징그럽고 능글거리고 섬뜩한 느낌이 든다는 거다.

이야기를 듣던 정우가 집사님에게 시간을 정해놓고 같이 기도할 것을 권했다.

아무래도 조상 대대로 내려오는 유전 귀신이 붙은 것 같다는 느낌을 받았다.

자신을 믿고 도움을 청한 집사님을 위해 정우는 집중하여 하나님의 도우심을 구했다. 그러던 어느 날, 집사님이 교회사무실에 있는 정우를 찾아왔는데, 얼굴 가득 화사한 웃음을 머금고 정우를 보자마자 고개를 주억거리며 고맙다고 인사를 한다.

무슨 일인가 사정을 들어보니, 남편이 그렇게 미쳐서 따라다녔던 여자의 얼굴이 갑자기 마귀의 얼굴로 보이더라는 거다. 여자의 얼굴에서 귀신을 보고는 무섭다고 기겁을 해서 그 밤에 뛰어 들어왔다는 거다.

"그리곤 뭐라는 줄 아세요? 당신이 나 바람피우지 못하게 해달라고 기도했어? 그렇게 물어보는 거 있죠? 호! 호! 호!"

정우가 참 감사한 일이라고 인사를 하자

"우리 남편은 아직도 떨고 있어요. 더 열심히 기도해서 악한 영이 제 남편을 만지지도 못하게 할 거예요."

정우에게 근사한 식사를 대접하며 집사는 계속 신이 나서 떠든다.

"전도사님, 하나님을 모르는 사람들이 결국 귀신의 장난에 놀아나는 거잖아요. 세상에서 제일 큰 죄가 하나님을 부인하는 거잖아요. 귀신은 그런 사람을 찾아 들어가는 거고요. 저는요 앞으로 제 남편에게 하나님을 정확히 전해서 절대로! 다시는! 귀신 손에 넘겨주지 않을 거예요."

집사의 말을 들으며 정우는 안타깝다.

'왜 우리 엄마는 이 방법을 몰랐을까?'

'우리 엄마도 용서하는 법을 배우고, 다시 돌아오도록 기다려주었더라면……'

정우는 엄마가 섬기는 영의 세계와, 자신이 속한 세계를 비교해 본다.

아마도 사람들을 시켜서 밤을 새우라고 해놓고, 다른 사람의 칭찬만, 칭찬만 하라고 한다면 그럴 사람이 있을까?

반대로, 다른 사람의 흉을 보고 욕을 하며 밤을 새우라고 한다면 그럴 사람이 있을까? 모르긴 해도 남의 흉을 보고 미운 사람 욕을 하면서 밤을 새우라고 하면 해가 뜨는 줄도 모르지 않을까? 이런 심리는 어디서 비롯된 것일까? 아마도 아담에게서부터 내려온 죄 때문이 아닐까?

그렇다면 어떻게 해야 이 죄가 주는 독한 유혹에서 인간들이 자유로워질 수 있을까? 정우는 이 생각 저 생각으로 밤이 새는 줄을 모른다.

깜박 잠이 들었을까? 현관문을 두드리는 소리에 나가보니, 장 권사님이 울며 정우를 찾는다.

"전도사님, 아무래도 우리 엄마가 이상해요, 치매기가 있어서 정신이 오락가락하기는 했지만 오늘 갑자기 눈빛이 이상해지면서 포악을 부리는데 말릴 재간이 없어요. 어떡하면 좋아요?"

정우는 급히 장 권사님을 따라나섰다.

잠깐 기도를 하고 현관문을 열자 컵이 날아오고, 주전자, 재떨이가 날아오고 온 집안이 아수라장이다.

장 권사님이 말리려고 엄마를 잡는 순간 허벅지를 물어뜯어 금세 시커먼 이빨자국이 난다. 엄마를 말리랴, 소독약을 바르랴, 경황이 없는 것을 보면서 정우가 계속 귀신을 쫓아내며 명령기도를 한다.

"내가 나사렛 예수의 이름으로 명하노니, 더러운 귀신아 이 여인에게서 모든 묶임을 끊고 무저갱으로 떨어질지어다!"

노인의 눈을 바라보며 계속 명령기도를 하자 장 권사의 어머니가 그 자리에 넘어지며 눈을 까뒤집는다.

정우가 미동도 하지 않고 앉아 계속 찬송을 부르며 기도를 하고 있다. 얼마나 시간이 흘렀을까? 장 권사 어머니가 부스스 일어나며 전도사님 언제 오셨느냐고 인사를 한다.

딸에게 전도사님 오셨는데 뭐 과일이라도 있으면 좀 내오라고 손짓을 한다.

장 권사가 엄마에게 묻는다.

"엄마, 조금 전에 있었던 일 생각이 나요?"

"아니, 무슨 일?"

"엄마가 재떨이랑 컵이랑 나한테 던지고, 이거 봐, 여기 이렇게 물어뜯은 거 생각 안나요?" 장 권사의 어머니는 고개를 절레절레 흔들며 놀래는 표정이다.

"전도사님, 이게 무슨 일일까요?"

정우가 자세하게 설명을 해준다.

"권사님, 우리들이 흔히 치매라고 하는 것 중에, 이렇게 권사님 어머니처럼 귀신이 역사하는 경우가 종종 있어요. 아까 어머니 눈빛 보셨죠? 이렇게 연약한 노인이 어디서 그런 괴력이 나오겠어요? 바로 귀신이 난동을 부리는 거예요."

"치매가 귀신역사라는 말은 금시초문이네요……"

"생각해 보세요. 걸음도 제대로 못 걸으시는 할아버지 할머니가 어디서 그런 순발력이 나와서 물어 재끼고 집어던지고 하겠어요? 소리를 지르는 것도, 집어던지는 것도 나이든 사람의 힘이 아니잖아요. 물론 정상적으로 돌아올 때도 있죠, 언제 그랬나, 할 정도로요."

"하긴 제 어머니도 그러셨어요. 정신이 오락가락……"

"치매 환자의 눈에 살기가 돌고 갑자기 힘이 세지고 하는 것은, 그 사람과 귀신의 힘이 합쳐져서 그런 거예요. 그럴 땐 당황할 것이 아니라, 예수의 이름으로 명령하여 쫓아내면 되지요."

치매환자를 고쳤다는 소문이 삽시간에 돌면서 정우는 교회에서 신임을 얻기 시작했다. 그보다 정우 자신이 함께 하시는 하나님에 대한 믿음이 깊어져 갔다.

"어머머머! 치매가 귀신 장난이었어? 세상에 의사들 다 굶어죽겠다!"

"허긴, 치매 노인이 뒤도 안돌아보고 걸을 때 보면, 젊은 사람이 따라잡을 수가 없더라니까, 어찌나 힘이 세고 빠른지, 그래서 그랬구나, 귀신이 한 짓이라서……"

정우는 문득 어렸을 때 한 동네 살던 할머니가 생각났다.

할머니는 며느리 구박하기로 소문이 났었다. 일부러 마당에 멍석을 깔아놓고 밤늦게 샘에 가서 물을 길어오라고 시키고는 '저것이 멍석을 밟고만 들어와라!' 그럼 구실을 삼아 내쫓으려고 문틈으로

망을 보는데, 캄캄한 밤길에 물을 길어오던 며느리가 멍석이 펴진 것을 보고는 물동이를 내려놓고 멍석을 돌돌 말아 제 자리에 올려 놓고 다시 물동이를 이고 들어오더란다. 그런 며느리가 어느 날 갑자기 배를 쥐어뜯으며 데굴데굴 구르는데, 어디 아프냐고 묻기는커녕 "웬 요살을 떠느냐"고 소리를 지르고 본체만체 했다고 한다. 그렇게 통증을 호소하던 며느리가 속절없이 숨을 거두었다.

워낙 애매한 소리로 몰아붙이고, 먹는 것까지 아까워하며 구박을 했던지라 며느리가 죽자 죄책감에 시달렸던 모양이다.

어느 날부터 할머니는 이 집이 무서워서 못살겠다며 밖으로 나돌았다. 이유인즉 죽은 며느리가 생시처럼 집안 곳곳을 돌아다니는 게 보인다는 거였다.

결국 할머니는 반 미쳐서 돌아다니는 지경이 되었고, 동네사람들은 노망이 났다고 수근 거렸다. 80넘은 할머니가 어디서 그렇게 힘이 나는지 시도 때도 없이 여기저기를 획획 나돌아 다녔다.

아들은 저러다 어머니가 집을 잃어버릴까 싶어 하는 수없이 할머니를 방에 가두었는데, 어느 날 할머니가 사라져 버리셨다.

동네 사람들 말로는 큰 며느리가 문을 조금 열어놓았다더라고 수근 거렸다.

시어머니는 죄의식에 눌려 귀신에게 끌려 다녔는데, 시어머니 성가시다고 문 열어 놓은 큰며느리의 말로는 괜찮았을까?

그 뒤로 사람들이 정우를 찾아와 치매에 대해서 꼬치꼬치 따져 물었다.

"우리 친정아버지는 교통사고를 당하셔서 머리를 다치셨어요.

그 때 뇌에 금이 가고 틈이 벌어져서 치매가 올 수도 있다고 했는데, 치매로 한 1년 고생하셨어요."

"맞아요, 모든 치매 환자가 다 귀신 때문에 오는 건 아니지요. 뇌 손상으로 오는 경우도 있고, 질병으로 인해서 올 수도 있어요."

"그렇죠? 장 권사님 어머니의 경우와는 다르죠?"

"살다보면 습격을 당하듯 우리 인생에 병마가 찾아올 수 있어요. 그럴 땐 물론 병원에 가 봐야지요. 의사도 약도 하나님이 허락하신 거예요. 기도도 하고 병원도 찾아가고 운동도 하고 섭생을 잘해서 건강하게 살아야지요."

그러나 분명한 건, 사람의 힘으로는 안 되는 하나님의 영역이 있다는 사실이다.

13

인연,
삶의 끝자락을 잡고

'자살을 하려고 하나보다!'

정우는 이것저것 생각할 겨를 없이 여자를 향해 뛰어갔다.

어느 날 정우는 새벽 기도를 마치고 한강변을 걷고 있었다.
그런데 이게 웬일인가!
웬 젊은 여자가 자살을 하려는지 신발을 가지런히 벗더니 긴 머리를 날리며 얼굴을 감싸고 한강을 내려다보는 게 아닌가!
'자살을 하려고 하나보다!'
정우는 이것저것 생각할 겨를없이 여자를 향해 뛰어갔다.
"하나님! 하나님!"
외마디 소리를 지르며 달려가는 것과 동시에 여자도 뛰어내리려 몸을 굽혔다. 정우가 가까스로 여자 근처에 도달했는데, 분명 강으로 뛰어내리려던 여자의 몸이 정우의 품에 풀썩 안겼다.
정말 불가사의한 일이었다. 여자는 분명 한강으로 몸을 던졌는데, 어떤 강력한 힘이 여자를 반대 방향으로 밀쳐냈다는 걸 둘 다

동시에 느꼈다.

　잠시 정신을 잃고 있던 여자가 눈을 뜨고 멍하니 정우를 본다.

　정우 역시 순식간에 벌어진 일이라 할 말을 잃고 섰는데, 갑자기 정우의 귀에 이상한 소리가 들린다.

　그리곤 여자의 눈 꼬리가 올라가면서 얼굴이 요상하게 변하더니 뒤이어 말을 한다.

　"내가 이 여자를 데려가려는데 네가 방해했어!"

　정우가 작지만 강한 어조로 귀신에게 명령하며 예수의 이름을 선포하자 여자의 얼굴이 다시 풀어지며 정우에게 말을 건넨다.

　"누구신데, 왜 내가 당신 품에 있죠?"

　그리고 일어나려 애를 쓴다. 정우가 여자를 일으키며

　"추운데 어디 가서 따뜻한 국물이라도 좀 먹으면서 이야기합시다."라고 권하자 여자가 거부하지 않고 정우를 따라 온다.

　국밥에 밥을 말아 주자, 여자가 눈물을 뚝뚝 흘린다.

　정우가 수저를 손에 쥐어주며, 밥을 먹으라고 권한다.

　"먹어야 해요, 먹으면 살고 싶은 의욕도 생기고요. 무슨 사정이 있는지 우리 밥 먹고 기운 좀 차려서 차근차근 이야기합시다."

　커피숍으로 자리를 옮겼다. 아직은 아침결이라 실내는 한적하고 조용했다.

　여자가 울며 이야기를 꺼낸다.

　"제 이름은 윤정이에요. 부모님이 교통사고로 한꺼번에 돌아가셨어요. 부모님이 남겨주신 퇴직금, 보험금을 믿었던 사람한테 다 사기 당했고요. 지금은 살 집도 없이 쫓겨난 신세가 됐고요……"

"저런, 돈은 누구에게 사기를 당한 건데요?"

"부모님이 신임하던 분이었죠. 교회 다니는 집사였어요."

윤정이 분노에 찬 얼굴로 말을 잇는다.

"어떻게 교회에 다니는 사람이, 하나님을 믿는다는 사람이 그럴 수가 있죠? 그 돈은 우리 부모님의 생명값이었어요. 그렇게 가슴 아픈 돈인데, 그걸……"

"그러게요, 교회에 다닌다고 다 하나님을 믿는 사람이라고 할 순 없어요. 영업을 목적으로 나오는 사람도 있으니까요."

"하나님이 정말 있다면 이럴 수는 없어요. 하루아침에 부모님을 잃고 집도 잃고 돈도 잃었어요. 정말 하나님이 계시다면 이렇게 가혹하실 수가 있어요?"

"사기친 사람은 하나님이 아닌데, 많은 사람들이 교회 다니는 사람을 하나님으로 착각하고 속아요. 계약을 하고 일을 추진할 때는 하나님의 의견 따윈 묻지도 않고, 안되고 망하면 하나님을 원망하는 것은 옳지 않아요."

윤정이 자신의 얼굴을 두 손으로 감싸 쥐고 엄마 아빠를 부르며 펑펑 운다.

정우는 마음껏 울도록 지켜만 보고 있다. 젊은 아가씨가 이 험난한 세상에 오갈 곳도 없이 버려졌으니 오죽 두렵고 서러웠으면 죽을 맘을 다 먹었겠는가!

정우의 한쪽 가슴이 저려온다. 정우에게 엄마가 있다는 것이 새삼 감사하다. 엄마의 사랑과 희생이 감사하여 깊은 한숨이 나온다.

'가여운 내 엄마……'

정우는 윤정의 딱한 사정을 듣고 모른척할 수가 없어 미주와 함께 지내게 할 요량으로 집으로 데려 왔다.

"미주야, 이 언니가 갈 곳이 없다고 해서 당분간 너랑 같이 지내게 하려고…… 괜찮지?"

미주는 언니가 생겨서 너무 좋다며 윤정을 따뜻하게 맞아준다.

정우와 미주의 보살핌 속에 윤정도 안정을 찾아가고 함께 교회에 다니며 서로에게 익숙해지고 있을 즈음, 먼저 살던 집에서 윤정의 짐을 빼가라는 연락이 왔다. 정우가 윤정을 데리고 그녀가 살던 아파트로 향한다.

윤정이 전에 살던 집엔 이미 다른 사람이 이사를 와 있었다. 주인 여자가 베란다를 가리킨다. 거기 윤정의 옷가지들이 쓰레기처럼 쌓여있다. 윤정이 아버지와 엄마의 짐을 정리하고 자기 짐들을 챙기는데, 한 쪽에 쓸쓸히 있는 엄마의 구두를 보자 갑자기 오열을 한다. 정우는 연민의 정을 느낀다.

윤정의 짐을 함께 정리해주던 정우가 앨범을 보다 깜짝 놀란다. 윤정이 피아노를 전공했는지 외국대회에서 입상한 사진들이 즐비하게 정리되어 있는 게 아닌가!

'저런, 그랬구나, 마음껏 부모사랑 받으며 꿈을 키우던 아가씨가 하루 아침에 천애고아가 되었으니 그 심정이 오죽할까?'

자세히 이야기를 들어보니 부모님이 신임하던 집사도 사업을 하다가 쫄딱 망해서 피해를 입힌 거지 의도적으로 사기를 친 것은 아니었다. 그래도 어쨌든 집사님의 무모함 때문에 한 인생이 끝날 뻔 하지 않았는가?

정우는 윤정을 더 잘 보살펴 주리라 마음먹는다.

우선 윤정이 일할 곳을 찾아보기로 했다. 마침 교회에서 일할 사람이 필요하다고 해서 목사님께 윤정을 추천했다.

"윤정 씨, 아픈 과거일수록 빨리 잊어야 해요. 마침 교회 사무실에 사람이 필요하다고 해서 추천했더니 목사님께서도 흔쾌히 허락하셨어요. 열심히 해보세요."

"제가 잘 할 수 있을까요?"

"하고 말고요. 피아노를 전공했다고 말씀드렸더니 앞으로 자리가 나면 반주도 맡기겠다고 하세요. 교회 반주는 믿음 없이는 할 수 없는 거예요. 그러니 기도하면서 준비해 갑시다."

정우의 관심으로 윤정은 평심을 되찾아가고 있었다.

동병상련이라고 했던가!

정우 또한 상처가 많은지라, 윤정의 아픔을 절감하게 된다.

자신의 환경 때문에 누구에게도 마음의 문을 안 열고 지냈지만, 윤정에게 만큼은 다른 마음이 생긴다.

'내가 평생 저 사람의 보호자가 되어 주리라, 서로 기대고 의지하며 연약한 데를 보완해주며, 먼 길 함께 가는 길동무처럼 그렇게 같이 가자!'

정우가 미주를 데리고 새벽기도를 가려는데, 윤정이 서둘러 따라나서며 "저도 가도 될까요?" 하고 묻는다.

"아, 그럼요."

미주도 신이 나서 윤정의 팔짱을 끼고 가는데, 성큼성큼 앞서가는 정우의 뒷모습을 바라보는 윤정의 눈에 정이 담뿍 담겨있다.

훤칠한 외모에, 친화력 있는 성격에, 믿음도 좋고, 능력 있고, 성실하고. 윤정은 정우의 장점들을 나열하며 혼자 얼굴을 붉힌다.

 '내가 이렇게 바라보는 것처럼, 저이도 나를 좀 바라봐줬으면……'

 사실 정우는 교회에서 인기가 좋았다. 특히 부자로 소문난 김장로님은 아예 드러 내놓고 사위삼고 싶어 했다. 젊은 여자들 몇 몇은 정우를 사이에 놓고 암투를 벌이며 노골적으로 선물공세를 하는 눈치였다.

 '어디 내 차지가 되겠나?' 윤정은 공연히 쓸쓸해진다.

 어느 날 미주가 느닷없이 말을 꺼낸다.

 "언니, 우리 엄마는 무당이에요. 그래도 울 오빠가 좋으세요?"

 윤정이 놀라는 눈치를 하다 이내 대답을 한다.

 "나는 정우 씨의 모든 걸 다 받아드릴 수 있어요. 생명의 은인이니까요. 다시 죽으라면 죽을 수도 있어요. 정우 씨를 위해서라면."

 미주가 입을 삐죽이며 꽁알거린다.

 '쳇, 오버하시긴, 만난 지 얼마나 됐다고.'

 "그리고, 며칠 뒤 우리 오빠 목사 안수식 있는데 같이 가실 거죠?"

 미주가 생뚱맞게 던지는 말에 윤정은 당황했지만 이내 대답한다.

 "네, 저도 같이 가요."

 미주가 나를 경계하는구나 생각하니 윤정의 마음이 무겁게 가라앉는다.

 '무당 엄마라도 살아만 계시다면 얼마나 좋을까……'

그나저나 정우 안수식에 뭘 입고 갈지 윤정은 행복한 고민에 빠진다.

정우가 눈치를 채고 미주와 윤정을 불러내 점심을 사주고, 예쁜 원피스를 한 벌씩 사준다. 친 남매처럼 세 사람은 모처럼 신나는 시간을 보낸다.

목사 안수식이 있다는 소식에 화자는 내심 기뻤다.

'내가 목사 아들을 두다니!'

물론 그 자리에 참석할 수는 없겠지만, 뿌듯하고 자랑스러웠다.

세상 사람들은 급하면 찾아와 점을 쳐달라면서도, 은근히 무당을 무시하고 천대한다. 화자는 보상이라도 받으려는 듯 친구들에게 전화를 걸어 자랑을 하는데,

벼락영감이 어찌나 질투가 심한 지, 화자는 그만 몸져눕고 만다.

한편, 윤정과 미주는 정우의 목사 안수식을 축하하려고 꽃다발을 들고 왔다.

《정우 목사님! 축하합니다. 새로운 길을 향해 떠나시는 정우 씨의 일생에 하나님의 인도 보호 동행하시는 복이 함께 하시길 기도합니다.》

정우에게 축하 메시지가 적힌 카드와 선물을 전해주자 정우가 환하게 웃어준다.

"오빠, 나도! 목사님 되신 거 축하해요!"

윤정과 정우를 나란히 세워놓고 미주가 사진을 찍는다.

작은 할머니도 축하해주러 오셨다.

정우는 윤정을 데려가 결혼할 사람이라고 정중히 인사를 시킨다.

윤정이 깜짝 놀라 정우를 바라보는데, 정우는 모른 척 윤정의 손을 잡아준다.
얼떨결에 정우의 손에 이끌려 인사를 나누며 윤정은 이 시간이 꿈만 같다.
'자살하려는 나를 구해주고, 누군지 근본도 모르는 나를 결혼상대로 삼다니……'
세상에 가진 것도 가진 사람도 없는 천둥벌거숭이인 나를, 좋은 조건을 가진 여자들이 그렇게 눈독을 들이고 따르는데도 마다하고 윤정은 자신을 선택해준 정우의 마음이 하염없이 고맙고 사무칠 뿐이다.
'수호천사의 모습이 아마 저 모습일거야!'
나 혼자 외로울까봐 하나님이 선물로 보내주신 수호천사 정우….
그날 정우는 엄마에게 윤정을 소개시켰다.
"엄마, 나랑 결혼할 윤정 씨예요."
그동안의 사연을 들은 화자는 많이 실망하는 눈치다.
"정우야, 친정도 없는 애를…… 의지 가지 없는 애를…… 엄마도 이 모양인데……외로워서 어쩌려고 그러니? 장인 장모 사랑이 얼마나 크고 든든한 울타리인데, 더 생각해 봐라." 그러나 정우는 단호하게 말한다.
"엄마, 우린 서로 사랑해요. 그거면 돼요. 윤정은 내가 보살펴야 해요. 이 연약한 사람을 혼자 살게 할 수는 없어요. 이 사람은 내게 과분한 사람이에요. 윤정의 부모님이 살아계셨다면 아마 저를 반대하셨을 거예요. 내가 무당자식이라는 사실 하나만으로요."

"어머니, 제가 잘 할게요. 정우 씨는 제 생명의 은인이에요. 평생 보답하는 마음으로 어머님께도 정우 씨에게도 미주 씨에게도 잘 할게요."

윤정이 상냥하게 대답을 한다.

"그래, 알았다."

대답은 했지만 화자의 속에서 질투가 불일 듯 일어난다. 이 감정은 무엇인가?

'너 따위가 감히 내 아들을 넘봐, 이렇게 근사한 내 아들을 감히!'

화자는 속으로 윤정을 떼어낼 궁리를 한다.

이렇게 볼품없는 아이한테 내 아들을 빼앗길 수는 없다는 기분이 든다.

그러면서도 한편으로는 자신의 이런 모습을 보고 실망하는 또 다른 자신을 본다.

생각을 바꾼다는 것이 이렇게 힘든 걸까?

정우에 대한 집착으로 화자는 고통의 밤을 뒤척인다. 두 마음이 뒤엉켜 끝이 없는 싸움을 한다.

미주가 엄마의 마음을 헤아렸는지 오늘 밤은 엄마랑 자고 갈래하고 옆에 눕는다.

곤히 잠들었던 미주가 갑자기 소리를 지르고 난리가 난다.

"미주야, 미주야, 정신 차려, 나쁜 꿈꿨니? 잠깨 어서!"

미주가 일어나 앉으며

"엄마, 나 엄청 무서운 꿈을 꿨어, 누군가 막 내 목을 조르는 것처럼 가위가 눌려서 엄마를 부르는데 아무리 발버둥을 쳐도 목소리가 나오질 않는 거야."

"그래, 그랬구나, 아유 이 식은땀 좀 봐, 엄마가 옆에서 지켜줄게, 걱정 말고 누워."

도로 누워 잠을 청하던 미주가 새벽녘부터 몸이 불덩이가 되어 끙끙 앓는 소리를 낸다.

"아이고, 내 팔자야! 미주야, 미주야, 여기 물 좀 마셔봐 응!"

화자가 울부짖으며 신당에 달려가 빌고 또 빈다.

정우가 목사가 되자 벼락영감이 질투를 부리며 화자와 미주를 괴롭히는 거다.

아무리 손이 발이 되도록 빌어도 차도가 없이 미주가 정신을 잃어간다. 화자가 다급히 전화를 걸어 정우를 부르려하자 벼락영감이 더 화를 내며 정우를 부르지 못하게 바람을 일으킨다. 집기들이 날아다니고 부서지고 방문이 우당탕 열렸다 닫혔다 난리가 난다.

다급한 화자가 자기도 모르게 "어이쿠! 하나님!" 소리를 낸다.

스님들도 목탁을 떨어뜨릴 때 "어이쿠, 하나님!" 한다더니 그게 사람의 본능인가보다.

"내 딸이 죽어가요! 내 딸이요!"

화자가 정신없이 부르짖으며 몸부림을 치자 벼락영감이 더 화를 내며 이번엔 미주의 목을 누르려한다.

이 때 미주가 모기만한 소리로 입을 달싹댄다.

"내가 나사렛 예수의 이름으로 명한다. 이 더러운 귀신아 물러갈지어다!"

교회에서 예수의 이름으로 귀신들을 물리치고 살아났던 미주가 아닌가! 절박한 순간에 미주 모녀는 하나님의 이름을 기억했다.

미주의 목소리가 점점 커지더니 급기야 소리를 지르자, 벼락영감이 깊숙이 숨어버린다.

한편, 화자는 배 가운데서 볼록한 물체가 움직이는 것이 느껴지며 갑자기 배가 불편해서 인상을 쓰는데, 벼락영감이 제대로 자리 잡았는지 불편함이 사라진다.

정우가 도착했다. 온 집안이 난장판이다.

정우가 미주를 안아 무릎에 눕혀놓고 계속 예수의 이름으로 마귀의 세력을 쫓는다.

"하나님, 불쌍한 여인들을 구원해주십시오. 귀신에 잡혀 고통 받는 저의 어머니를 귀신들의 저주에서 끊어 주십시오. 불쌍한 우리 미주를, 이 악한 저주의 사슬로부터 구원해 주십시오."

정우의 기도가 계속되면서 온 방안에 평온한 기운이 흐르고 혼미했던 미주가 힘을 얻고 일어나자, 화자가 정신을 잃고 스르르 쓰러진다.

정우가 펑펑 울며 어머니를 끌어안고 절규하며 몸부림친다.

"하나님, 어느 때까지입니까! 아버지의 때가 언제입니까! 내 엄마를 불쌍히 여겨주세요! 이 흉악한 귀신들에게서 내 어머니를 구원해주십시오!"

얼마를 그렇게 몸부림치며 기도했을까! 정우의 얼굴에서 비 오듯 땀이 쏟아져 내린다.

"정우야, 정우야 …… 불쌍한 내 새끼 …… 흑흑흑"

그 사이 정신이 돌아왔는지, 화자가 정우를 바라보며 철철 울고 있다.

"엄마, 이제 제가 모실게요. 저희와 같이 살아요. 이제 아들이 목사니까 귀신 따위는 두려워하지 마세요."

화자가 울며 말한다.

"안 돼, 내가 벼락영감과 약속한 게 있어, 너희에게 해코지할까 봐, 지금은 안 돼."

"엄마가 아무리 지극정성 빌었어도 미주를 죽이려고 했잖아요. 믿지 말아요. 엄마! 겁내지 마세요. 얼마든지 예수님의 이름으로 물리칠 수 있어요."

"정우야, 요번 한 번만 엄마 말을 들어다오. 제발."

힘이 하나도 없이 겨우 겨우 사정하는 엄마를 뒤로하고 정우가 눈물을 닦고 미주를 들쳐 업고 나온다.

엄마는 왜 그 징그러운 벼락영감의 끈을 놓지 못하는 걸까?

집에 돌아온 정우가 윤정에게 어젯밤 일어났던 일들을 말해주며 미주를 잘 돌봐주라고 부탁을 하고는 교회로 향한다.

화자는 미주에게도 무당을 세습하려하는 벼락영감을 달래어 미주는 그냥 놔두는 조건으로 평생 벼락영감을 배반하지 않기로 맹세를 했다.

온갖 정성을 다하여 치성을 올리고 빌고 빌어도 벼락영감이 미주를 탐내자, 이번엔 화자가 협상을 하자고 한다.

"윤정이는 어떻겠습니까? 미주 대신 윤정이를 무당 만듭시다."

벼락영감이 좋다고 하는 게 아닌가? 화자는 뛸 듯이 기뻤다.

아빠도 없는 가여운 미주를 여봐란듯이 시집보내고 싶었다. 좋은 남자 만나서 마음껏 사랑받고 아들 딸 낳아가며 알콩 달콩 사는 모습을 보는 것이 화자의 소원이었다.

'가여운 내 딸이 무당이 돼선 안 되지!'

평생 결혼을 해서도 안 되고, 애인을 두어도 안 되고, 모셔 들인 신만 섬기며 살아야 하는 기구한 무당의 운명, 귀신의 질투와 행패를 내 딸이 비껴갈 수만 있다면 무슨 짓인들 못하겠는가!

화자는 미주 대신 윤정에게 내림굿을 하기로 벼락영감과 약속을 했다.

이런 사정을 모르는 채, 윤정은 수시로 화자를 찾아와 책도 읽어주고, 맛있는 음식도 해주고, 손톱정리도 해주며 화자의 마음을 사려고 애를 쓰는데, 화자의 마음속에 갈등이 분분하다.

'이 어리고 착한 애를…. 돌봐줄 부모도 없는 천애고아를……. 내가 너무하는구나!'

'서로 사랑한다는데 …… 무엇보다 내 아들이 사랑하는 여자인데…….'

그러나 어쩌겠는가?

미주를 위해서 다른 방법이 없지 않은가?

엄마의 이런 마음을 눈치라도 챘는지, 엄마에게 가려는 윤정을 붙잡고 정우가 목에 십자가 목걸이를 걸어주며 확실하게 일러둔다.

"위급할 때는 하나님을 찾아요. 효도도 하나님을 배반하는 효도는 안돼요. 알았죠?"

"걱정 마요. 정우 씨, 예수 이름으로 기도하며 있을게요."

미주에게도 십자가 목걸이를 걸어주며 당부한다.

"미주야, 네가 좀 더 담대해질 때까지 당분간 엄마 집에 가지마라, 그리고 좀 더 예민하게 살피고 마귀의 세력이 들어오는 것 같으면 예수님 이름을 불러라 알았지!"

며칠 뒤, 화자가 윤정을 불러 여러 가지 말로 호리고 있다.

"윤정아, 너 우리 정우랑 꼭 결혼하고 싶지?"

"네, 어머니."

"그럼 너 내가 시키는 대로 내림굿을 받아라, 그럼 내가 결혼하도록 허락해주마."

사실 무당은 결혼할 수도, 남자를 사귈 수도 없다. 왜냐면 귀신이 질투하며 행패를 부리고 또한 점괘도 안 나오기 때문이다. 그걸 알면서도 화자는 윤정에게 거짓말을 하고 있는 것이다.

윤정이 거절할 입장이 아니란 걸 이용해 회유를 하며, 미주와 정우에게는 절대 말하지 말라고 신신당부한다.

윤정은 거절할 수 없는 화자의 미끼를 놓고 두려움에 떨고 있다.

"하나님, 너무 무서워요. 하지만 사랑하는 정우 씨의 어머니잖아요. 거절할 수 없는 입장인 거 아시잖아요. 저는 어떻게 해야 할까요?"

화자는 윤정에게 장소는 인왕산 어디쯤, 날짜는 모월 모일 상세히 일러준다.

절대로 정우와 미주에게 말해선 안 된다고 당부가 아닌 협박을 해서 돌려보낸다.

천근만근 발걸음을 옮겨 집에 돌아와서도 윤정은 차마 정우에게 말하지 못한다.

'정우 씨, 미안해요, 정우 씨 엄마면 내 엄마이기도 해요. 나는 정우 씨도 정우 씨 엄마도 잃고 싶지 않아요. 사랑해요. 정우 씨…….'

화자가 지정한 날짜가 다가왔다.

시간이 멈추기를, 윤정은 빌고 또 빌었다.

교회로 출근하는 정우를 보내면서, 윤정은 차마 말하지 못했다.

'정우 씨, 나 오늘 인왕산으로 신 내림굿하러 가요.'

속으로만 수없이 되 뇌이면서,

그날따라 정우는 계속 바쁘다. 기도회를 인도하고, 수술 받는 집사님 병원 심방을 가고, 저녁에는 돌집에 식사초대를 받고,

화자는 윤정을 굿판에 앉히고 신 내림 받을 만반의 준비를 갖추었다.

화자가 요란한 옷을 갖춰 입고 "나서자, 박수무당이 시퍼런 작두 날에 종이를 가져다 대자 "싹"하고 잘라진다.

사람들이 "우우!" 하며 놀래는 틈에 화자는" 시퍼렇게 날이 선 작두 위에 올라가

"히야! 손만 살짝 대도 빌 것 같은데, 저 위에서 끄떡없이 맨발로 춤을 추네!"

"그러게, 귀신이 있긴 있나봐! 큰 무당만 작두를 탄다던데, 저 여자는 큰 무당인가보네!"

사람들의 수근 대는 소리가 윤정의 귀에도 들려온다.

"하나님, 저 무당하기 싫어요. 도와주세요."

윤정이 정우가 걸어준 십자가 목걸이를 만지작거리며 계속 중얼중얼 기도를 하고 있다.

"예수님이 계시면 제발 저를 도와주세요. 지금 이 순간이 너무 너무 무서워요."

화자가 작두를 타며 신과 접신이 이루어지는 순간, 화자가 윤정에게 접근을 시도하는데, 갑자기 어떤 힘에 의해 벌렁 쓰러진다.

사람들이 모두 "와!" 하고 소리를 지르고, 화자의 발에서 피가 철철 흐른다.

화자가 쓰러지면서 눈을 까뒤집으며 입에 거품을 물고 몸을 떨며 요동을 친다.

다른 무당과 박수들이 물을 떠다 먹이고 볼을 때리고 난리들이 났는데, 또 다른 무당과 박수들은 신이 노했다며 빌고 또 빈다.

구경꾼들도 술렁거리며 무서워하는데,

한 여자가 큰 소리로 말한다.

"저 무당 아들이 목사님이래, 저기 앉혀 놓은 젊은 아가씨는 아들 목사와 결혼할 사람이고, 목사 사모 될 사람을 데려와 굿을 하니 하나님이 노하셨나보다. 아유, 무서워!"

"그러게……." 하며 모두들 웅성거린다.

굿판은 깨지고 구경꾼들은 모두 돌아갔다.

윤정은 이러지도 저러지도 못한 채 울며 기도하고 있고, 화자는 의식을 잃은 채 푸푸 소리를 낸다.

'그분이십니까?'

화자가 의식을 잃은 상태에서 누군가에게 말을 하고 있다.

'교통사고 났을 때 나를 살려주셨던 그 분이 맞습니까? 그렇다면 저를 불쌍히 여겨 다시 한 번 살려주십시오.'

윤정이 되어진 상황을 보며 속으로 기도한다.

'하나님, 하나님은 정말 살아계시는군요. 제 기도를 들어주셨군요! 무당이 안 되게 해주셔서 감사합니다.'

윤정은 기뻐 춤이라도 추고 싶었다. 이렇게 작은 나에게도 함께 하시는 하나님이 놀라울 따름이다. 뭐라 설명할 수 없는 하나님 나라의 비밀을 알게 된 것이 기뻤다. 정우의 말이 맞았다.

'살아계신 하나님, 은혜 베푸시는 하나님'

윤정은 화자와의 약속을 지키느라 집에 돌아와서도 정우에게 이러한 사실을 말하지 않고 있었다. 그러나 세상에 비밀이 있겠는가!

등산을 왔다가 우연히 굿판을 목격한 교인이 정우에게 이 같은 사실을 알려줬다. 정우가 기절할 듯 놀라 주저앉는다.

'가여운 우리 엄마, 언제까지 귀신의 꼭두각시 노릇을 하실 것인가!'

'불쌍한 윤정 씨, 얼마나 두렵고 떨렸을까……'

집에 돌아온 정우가 말없이 윤정을 안아준다. 그냥 불쌍했다.

모두가 불쌍했다.

엄마도, 윤정도, 미주도, 그리고 그걸 지켜봐야하는 자신도…….

윤정을 안고 있던 정우가 소리 없이 흐느끼자 윤정이 정우의 등을 다독다독 쓰다듬어 준다.

"울지 말아요. 정우 씨, 미안해하지도 말아요. 그 분이 오늘 나와 같이 작은 자를 만나주셨어요. 이제부턴 정우 씨가 하라는 대로만 할게요. 할 줄 모르는 기도지만 정우 씨를 위해 기도할게요."

"고마워요."

정우는 윤정을 더 세게 끌어안는다.

영원히 놓치지 않겠다는 듯이.

14

마음,
만음(萬音)과 마음(魔音)

마음에 마귀의 생각이 들어오면 시기하고 질투하고 싸우며 죽이는데, 이 마귀의 마음은 만 가지 잡음을 들을 때 생기나 보다.

마음에 마귀의 생각이 들어오면 시기하고 질투하고 싸우며 죽이는데, 이 마귀의 마음은 만 가지 잡음을 들을 때 생기나 보다.

굿을 하다 실패한 이후 화자는 호되게 앓았다.

몸이 불덩이같이 뜨겁고, 눈은 희미해져서 초점이 없고, 자꾸 외마디 소리를 지르며 허우적거리고, 물 한모금도 넘기지 못하고 의식을 잃어가자 박수무당이 교회로 정우를 찾아왔다.

"어머니가 많이 아프시네, 아무래도 큰 병원으로 모시고 가야할 거 같아서 이렇게 찾아 왔네."

처참한 몰골로 누워있는 엄마를 붙잡고 정우가 말없이 눈물을 흘린다.

화자는 만신(만 가지 귀신)에게 짓눌려 일어나지를 못하고 있었다.

정우가 나타나자 화자의 속에 있던 귀신들이 벌벌 떨며 가까이

오지 못하게 소리를 지르며 발광을 한다. 귀신들이 숨어 다니며 요동을 칠 때마다 화자의 몸이 엎어졌다, 젖혀졌다, 뒹굴었다 난리를 친다.

"정우야, 나가! 어서 나가!"

화자가 숨을 헐떡대며 소리를 지른다.

정우가 목사가 되자 화자는 정우에게서 어떤 힘을 느끼는지 벌벌 떤다.

"엄마를 위해서야, 정우야, 얼른 나가!" 화자가 정우를 향해 애원을 한다.

"엄마, 귀신은 두려운 존재가 아니에요. 하나님이 함께 하시면 엄마를 건드리지도 못해요. 엄마도 느끼잖아요."

화자의 몸속에 숨어있는 벼락영감이, 지금까지 자기를 지탱해 주었다고 믿는 화자에게 정우의 한 마디 한 마디가 비수처럼 꽂인다. 두 가지 마음이 공존하며 화자를 괴롭힌다.

아무리 설명을 해도 귀신이 화자의 눈과 귀를 가리고 풀어주지 않는 것을 느끼며 정우가 일탄 후퇴하기로 한다. 엄마가 너무나 고통스러워하니 다른 기회를 보기로 한다. 더 철저히 기도로 무장하고 엄마를 구하러 오자, 이건 내 운명 같은 과제다.

정우는 미주와 윤정을 데리고 매일 새벽기도를 하고 저녁이면 철야기도를 한다. 하루는 저녁기도를 마치고 정우가 윤정에게 데이트를 하자고 한다.

오랜만에 데이트에 신나하는 윤정을 데리고 정우가 찾아간 곳은 바로 윤정이 뛰어 내리려 했던 한강 고수부지다.

"여기서 당신을 처음 만났어요. 여기서 하나님은 당신을 살려주셨고요. 여기는 우리가 처음 만난 곳, 하나님이 당신을 처음 만나주신 곳이에요. 안 그런가요?"

"맞아요, 정우 씨, 그러고 보니 여기는 제가 다시 태어난 곳이네요……."

고개를 숙이고 생각에 잠긴 윤정에게 정우가 손을 내민다.

"이거 태어나 처음 사본 커플링이에요. 하나는 당신 손에 하나는 제 손에 끼고 다니려고요. 괜찮겠어요?"

"괜찮다마다요. 아유, 반지가 심플하니 너무 예쁘네요."

"왜 결혼을 약속한 사람들이 반지를 끼는지 알아요?"

"글쎄요, 왜죠?"

"반지의 모양처럼 시작도 끝도 없이 그렇게 영원히 함께 살자는 의미에서 그런 거래요."

정우는 윤정을 꼬옥 안아주며 속삭였다.

항상 이렇게 힘들지는 않을 거다, 언젠가는 지금처럼 옛말하며 하나님께 감사하며 사는 날이 올 거다, 엄마의 일은 우리가 포기하지 않고 기도하면 하나님께서 들어주실 거다.

가만히 정우의 말을 듣던 윤정이 소근 댄다.

"정우 씨, 운명적인 만남이란 우리를 두고 한 말 같아요. 저는 하나님 말씀처럼 정우 씨의 배필이 되어서 평생 정우 씨를 도우며, 사랑하며 살고 싶어요."

정우가 고맙다며 등을 두드려준다.

"윤정 씨, 지금 저는 청혼하고 있는 거예요, 빨리 결혼해서 안정

된 가정을 꾸리고 싶어요. 물론 지금 상황이 몹시 혼란스럽기는 하지만, 그래서 지금이 더 적기일수도 있고요."

"전 뭐든지 정우 씨 뜻에 따르겠어요."

정우가 엄마와 미주에게 결혼을 통보한다.

엄마가 이렇게 아픈데 결혼을 하냐고 미주가 난리를 친다. 반대를 각오했던 터라 정우는 끄떡도 않고 날짜를 잡고 결혼준비를 서두른다.

할머니도 뵐 겸 엄마 집을 향해 가면서 정우가 기도를 한다.

"하나님, 결혼식이 순조롭게 진행될 수 있도록 도와주세요. 주님만 의지합니다."

정우가 들어서자 화자와 할머니는 반가움 반 서러움 반 눈물바람이 난다.

"정우야, 엄마는 도저히 갈 수가 없으니까 너희끼리 결혼식 할 수 있지?"

화자가 패물을 꺼내 놓으며 이걸로 윤정이 반지와 목걸이를 해주라고 한다.

제법 묵직한 뭉치를 펼쳐보니 상상할 수 없는 큰 다이아몬드가 있다.

"이거 웬 거예요?"

정우가 혹시 굿판에서 받은 돈으로 산거 아닌가 생각을 하자, 화자가 귀신같이 알아차리고 웃으며 대답을 한다.

"이거 전에 엄마가 미국에서 쥬얼리가게 할 때 네 몫으로 마련해 놓았던 거야, 너 결혼할 때 며느리 감에게 해주려고……."

"고마워요 엄마. 윤정이도 감사해할 거예요. 아무리 몸이 불편해도 결혼식엔 꼭 오셔야 돼요."

"정우야, 나 무서워서 못가, 교회에 앉을 생각만 해도 무서워서 싫어, 나는 하나님께 너무 많은 죄를 지어서 안 돼, 나 같은 게 교회에 들어가면 벌 받을 거야."

"엄마, 하나님은 끝임 없이 용서해 주시는 분이세요. 아들이 목사인데 뭐가 무서우세요? 세상에 아들 결혼식에 엄마가 안 오신다는 게 말이나 돼요?"

"정우야, 내가 가면 하객들이 다 수근 거릴 거야, 엄마가 무당이라고, 너 망신당하게 하고 싶지 않아."

"엄마, 그런 걱정은 하지도 마세요. 다들 엄마가 아들 하나는 훌륭하게 잘 키웠다고 칭찬하세요."

화자가 속으로 대답한다.

'나도 알아, 하나님이 창조주이신걸, 하지만 벼락영감이 너희들을 건드릴까봐 그게 겁이 나서 그래……'

정우는 미국에 있는 이모와 삼촌들에게 전화를 했다.

결혼을 한다는 말에 반색을 하며 이모가 걱정을 한다.

"네 엄마 어쩌니 정우야, 교회에서 하지 말고 그냥 예식장에서 결혼해라, 네 엄마를 위해서 한 번만 양보하렴."

이모가 애원조로 말을 잇는다.

"평생 너 하나만 바라보고 살았잖니, 이모가 잘못해서 네 엄마가 결혼했던 거야, 그 때도 네 엄마는 재혼하지 않고 너만 보고 살겠다고 했었는데, 정우야, 이모가 정말 잘못했어."

"이모, 지난 일에 미안해마세요. 다 엄마를 위해서 한 일인데요 뭐……."

"그래도 후회스러워, 참해 보여서 적극 권했는데, 그렇게 네 엄마를 배신할 줄 누가 알았겠니? 열길 물속은 알아도 한 길 사람 속은 모른다더니! 그래 정우야 결혼식 때 보자, 꼭 예식장에서 해라, 네 엄마도 참석하도록, 알았지?"

이모의 전화를 받고 많은 생각에 잠긴다.

'가여운 내 엄마, 물론 윤정이랑 예쁘게 잘 살게요, 윤정이랑 힘을 모아 효도할게요.'

속으로 중얼거리는데 하나님의 음성이 가슴 깊은데서 울린다.

"착하고 정직한 내 아들아!"

정우의 심령 깊은 곳에서 평화가 울려 퍼진다. 말할 수 없는 기쁨이 샘솟는 걸 느낀다.

"다 보고, 다 듣고 계신 하나님, 감사합니다."

정우는 간절한 마음으로 결혼이 순조롭게 진행되게 해달라고 기도를 올린다.

복잡한 가운데서도 결혼식을 강행해야겠다는 결론을 내리고 정우가 윤정을 불러 점심을 먹자고 한다.

"하나님께서도 네 부모를 공경하라고 하셨잖아요. 우리 뜻을 접고 어머니가 결혼식장에 오실 수 있도록 합시다."

"네 좋아요. 한 분뿐인 어머니가 안 오시면 너무 서운할 것 같아요. 정우 씨, 고마워요, 아무도 없는 저를 선택해 주어서요. 그리고 미안해요. 우리 부모님이 계셨더라면 정우 씨를 많이많이 사랑해

주셨을 텐데……."

"우리 이제부터 예식장을 알아보러 다녀요. 그리고 엄마가 윤정 씨에게 해주라고 패물을 주셨어요. 새로 윤정 씨 손가락에 맞게 가공해달라고 합시다."

패물을 본 윤정이 놀라는 표정을 감추지 못한다.

"돈이 필요한 순간이 많으셨을 텐데, 정우 씨 결혼 때 쓰시려고 이걸 정성껏 보관하셨나 봐요. 어머니가 정우 씨를 얼마나 사랑하시는지 알고도 남을 것 같아요. 제가 힘닿는 데까지 어머니 잘 모실게요."

"고마워요, 윤정 씨"

15

결혼,
무당엄마와 목사아들

"아드님 결혼을 진심으로 축하드립니다."
"아 네에, 고맙습니다. 여러모로 도와주셔서 정말 감사합니다."
목사와 무당자격이 아닌, 하객과 혼주로서 나누는 인사다. 하객들이 모두 자리를 잡고 앉는다.

막상 결혼을 하려니 아버지의 자리가 크게 느껴진다.

"너는 어쩌면 그렇게 네 아버지를 닮았니?" 정우의 얼굴을 만지며 엄마가 울먹인다. 내 얼굴 어디선가 엄마는 아빠를 떠올리는 가 보다.

정우가 미국에 갔을 때, 진성 몰래 정우를 예뻐해 주던 엄마, 진성이 있을 땐 일부러 무덤덤한 척 하던 엄마를 생각하며 정우는 가슴이 찡해진다.

진성 몰래 이모네 집에다 생일상을 차려놓고 눈물을 흘리며 축하해주던 엄마! 정우가 좋아하는 볶음밥, 떡볶이, 갈비찜을 유난히 잘해 주시던 엄마!

'엄마, 나는 엄마가 정말로 행복해지셨으면 좋겠어요. 유난히도 나를 마음에 품고 다니며 사랑해주셨던 거 저도 알아요, 표현을 안

하셔도 엄마의 눈 속에서 그 사랑을 읽을 수 있었어요. 엄마가 무당이라 창피했던 적 한 번도 없었어요. 그냥 늘 마음이 아팠지요. 귀신에게 뭘 잘못했는지 늘 빌고 또 비는 엄마가 애처로웠어요. 남편 없이 고생하는 외로운 엄마를 어떻게 하면 행복하게 해드릴 수 있을까? 자나 깨나 제 고민이고 기도 제목이에요……'

깊은 상념 속에 빠진 정우를 윤정이 불러 세운다.

"정우 씨, 아무리 생각해도 저는 갈비뼈를 잘 찾아낸 거 같아요. 호! 호! 호!"

"그건 나도 마찬가지에요. 윤정 씨를 못 만났더라면, 난 결혼 같은 것은 꿈도 안 꾸고 있었을 거예요. 세상에 어떤 부모가 무당에게 딸을 주려고 하겠어요?"

"저라고 더 나을 게 뭐 있나요? 그 때 당신을 못 만났더라면 어쩔 뻔 했어요. 하나님도 모르고 자살했더라면 바로 지옥행인데, 아유! 생각만 해도 아찔해요. 내가 아무리 우긴다고 천국과 지옥이 없어지는 곳도 아니고요, 지금은 너무 행복해서 이게 꿈은 아닌가? 그럴 때가 많아요. 정우 씨, 모든 결혼식 준비 과정은 하나님께 맡기고 우리는 기도만 하기로 해요."

"그럽시다. 지금까지 지켜주신 하나님이 우리의 계획보다 훨씬 선하고 유익한 것으로 보상해 주실 거예요."

"정우 씨, 사랑해요. 내 목숨보다 더 많이, 많이요."

윤정이 정우의 목에 팔을 걸고 입을 맞춘다.

다른 연인들처럼 정우와 윤정이 깔깔거리며 거리를 활보하는데, 엄마와 미주가 차 안에서 부른다.

"오빠, 엄마가 오빠 만나러 집에 왔는데, 오빠가 없어서 찾으러 나와 봤는데 이렇게 만났네!"

화자는 마음을 다잡는다. 아들이 저렇게 행복해 보였던 적이 없었다.

'그래, 너만 행복해라 정우야, 너만 행복하다면 난 얼마든지 희생할 각오가 돼 있다.'

화자가 속으로 중얼거리자 배 안에서 꿈틀거리는 또 하나의 움직임을 느낀다.

벼락영감이 또 질투가 나서 화자를 괴롭히기 시작한다. 화자가 배를 틀어잡고 진땀을 흘리며 벼락영감을 달랜다.

정우가 눈치를 채고 엄마의 눈을 주시하면서 예수의 이름으로 벼락영감을 쫓는 기도를 한다.

윤정 역시 정우와 함께 벼락영감을 쫓는 기도를 하고 있다. 그러자 화자의 얼굴이 편안해지면서 다시 화색이 돈다.

화자의 뱃속에 있던 이상한 물체가 꿈틀거리며 갈비뼈 밑으로 숨어 들어간다. 화자는 물체가 작아지면서, 힘이 빠지면서 잠잠해지는 것을 느낀다.

화자는 모처럼 제대로 숨이 쉬어지는 것을 느낀다.

마음에도 잔잔한 평화가 찾아 든다. 화자가 입을 연다.

"엄마가 윤정이 옷이랑 화장품이랑 결혼 때 필요한 것 모두 사주고 싶은데, 윤정아, 오늘은 내가 윤정이 엄마 자격으로 전부 사줘도 되지?" 윤정이 감격하며

"그럼요 엄마!" 하며 화자의 팔에 팔짱을 낀다.

"윤정아, 오늘은 엄마가 맛있는 밥도 사주고, 아이스크림도 사주고, 뭐든 말만해라 다 사줄게 응!"

정우와 미주, 화자와 윤정이 둘씩 짝을 지어 다니며 오랜만에 즐거운 시간을 보낸다. 행복이란 이렇게 작은 것에서도 오는 것인데…….

한복집 들러, 가구점 들러, 이불 집 들러, 주방기구들까지 사러 다니면서 미주가 엄마에게 애교를 부린다.

"엄마, 나 시집갈 때는 언니보다 더 좋은 거 사줘야해!"

정우와 윤정이 미주를 부추기며

"너 시집갈 땐 이 오빠가 열 배 더 좋은 걸로 해줄게"

하며 장단을 맞춰준다.

"아유, 우리 미주는 어떤 신랑감을 만나려나?"

화자가 한 마디 하자

"꼭 우리 정우 씨 같은 사람이면 좋을 텐데 그죠?"

하며 화자를 바라본다.

"그럼 우리 정우만 같으면 더 바랄 것이 없지? 근데 우리 정우 같은 신랑감이 어디 흔하겠니?"

화자도 미주도 정우를 칭찬하자 정우가 어깨를 추썩거리며 멋쩍어 한다.

"오빠, 그렇다고 너무 교만해지면 곤란해, 우린 가족이니까 오빠의 좋은 점만 봐서 이러는 거라고 알지?"

"무슨 소리에요? 진짜 정우 씨만한 사람만 데려와요."

윤정이 정색을 하며 정우를 두둔하자 화자가 속으로 후회의 쓴

15. 결혼, 무당 엄마와 목사 아들

미소를 짓는다.

'저렇게 티 없이 착한 애를 무당을 만들려고 했느니, 내가 천벌을 받지 천벌을 받아…….'

엄마의 후회하는 마음을 정우도 미주도 읽고 있다.

인간에게는 영과 혼이 있어서 영이 하는 생각은 영이 알아보고, 혼은 혼끼리 서로를 느끼고 교감한다.

그런데도 많은 사람들은 영적인 또 다른 세계를 무시하며 알려고조차 하지 않고 거절한다.

'저렇게 맑은 영혼을 가진 아이라서 하나님께서 우리 정우의 짝으로 붙여주셨구나.'

시끌벅적한 명동의 밤거리를 거닐며 화자는 지나간 날들을 떠올린다.

고등학교를 졸업하고 화자는 친구들과 명동에 나왔었다. 5미터도 못가서 학교 친구들과 부딪히며 오늘 우리 학교가 명동을 접수했다며 깔깔대고 웃었던 일들, 그땐 명동에 나가면 무엇이라도 찾을 것 같은 일념으로 방황하며 돌아다녔었는데, 친구 중 누가 옷이라도 살라치면, 떼거리를 이루어 다니며 뚱뚱해 보인다, 안 어울린다 하며 트집을 잡고 다녔었다.

그렇게 옷 구경을 하며 명동을 휩쓸다가 아예 옷장사로 뛰어든 친구도 있다.

화자와 친구들은 매일 친구의 옷 가게로 출근을 하다시피 했었다. 만나야 할 친구들은 옷가게를 아지트로 삼아 연락을 나누고 그렇게 드나들면서 멋진 옷도 사 입고하면서 멋진 숙녀로 변신하고 있었다.

옷가게 친구 역시 친구들 덕분에 장사가 잘 되었다.

그 당시 명동에는 유명한 칼국수 집이 있었다.

조밥도 주고 칼국수도 주는데, 특히 절인 배추를 짤순이에 짜서 버무려 준다던 배추김치가 어찌나 맛있던지!

100원만 있으면 차비에 점심까지 해결되던 시절이다.

돈이 없을 땐 주머니를 털어 칼국수 하나만 시켜서 나누어 먹고 헤어지곤 했다.

점심을 해결하면 다음 코스로 음악다방과 막걸리 집을 번갈아가며 드나들었다.

음악다방에 가서 신청곡을 적어내고, 신청곡이 나오면 온갖 폼을 잡고 팝송을 따라 부르던 시절,

막걸리 집에 가서 빈대떡 한 접시 시켜놓고 종일 앉아서 수다를 떨어도 가라는 사람도 없고 눈치를 주는 사람도 없던 인심 넉넉한 때가 있었다.

지난 추억을 떠올리며 걷다보니 화자가 옛날부터 다니던 막걸리 집이 아직도 그 자리에 있는 것이 아닌가! 화자가 신이 나서 아이들에게 막걸리 집을 가보자고 제안했다.

"우리 막걸리 집 가서 너희들은 전 시켜먹고, 나는 오랜만에 막걸리 한 잔 먹어볼까?"

반가운 마음에 들어가 보니 옛 추억이 절로난다.

화자가 들뜬 마음에

"아유, 옛날 같이 놀던 친구들은 다 어디로 갔나?"

한 마디 하자

"그래도 옛날 손님들이 계속 오세요. 오셔서 다들 추억을 더듬고 가시지요." 주인도 웃으며 응수해 준다.

"제가 이 자리서만 40년째 장사하고 있어요. 저도 추억이 그립죠, 정말 많은 분들이 우리 집을 기억해주는 재미로 살죠. 다들 어디로 숨었는지, 일가친척이야 어떻게든 찾아낼 수 있는데, 손님들은 숨으면 찾을 수가 없네요."

먹음직스러운 해물파전이 나오고 막걸리가 옹기그릇에 넘실넘실 나왔다.

"정우오빠와 윤정 언니의 행복한 결혼을 위하여 건배!"

정우와 윤정은 물 컵을 들고 화자와 미주는 막걸리를 들고 잔을 부딪쳐 건배를 한다.

"부디 아들 딸 많이 낳고 행복하게 살아라, 12명만 낳아라!" 화자의 말에 정우와 윤정의 얼굴이 빨개진다.

"윤정아, 앞으로 뭐 어려운 일 있거나 엄마한테 부탁할 일이 생기면 다 나에게 말해라, 이제부터는 내가 네 엄마다, 시어머니가 아니라 엄마, 알았지?"

"네 엄마, 저 용돈이 필요해요, 하! 하! 하!"

윤정이 농담을 하며 웃자 화자가 진짜로 100만 원짜리 수표 두 장을 꺼내 윤정에게 건네준다.

"누가 그러더라! 젊어서는 버는 것이 내 돈이고, 늙어서는 쓰는 것이 내 돈이라고! 어서 받아라. 내가 죽은 다음에 물려주면 네가 좋아하는 모습을 볼 수 없잖니! 나도 이제 지혜롭게 살고 싶다. 너도 나 살아 있을 때 효도해 다오!"

모두들 호탕하게 웃는다.

"윤정아, 내 말 명심해라, 농담 속엔 진담이 있고, 진담 속엔 농담이 없다더라!"

화자가 내미는 수표를 도로 밀어내며 윤정이 발뺌을 한다.

"아이, 어머니 농담이었어요. 엄마한테 늘 그랬듯이 한 번 그렇게 해보고 싶어서 그랬어요."

윤정이 얼굴을 붉히자 화자가 수표를 도로 밀어주며

"윤정아, 넌 내 딸이야, 내가 너에게 했던 몹쓸 짓은 모두 잊고 나를 용서해다오. 이젠 나를 진짜 엄마라고 불러라. 아이고, 불쌍한 내 새끼들!"

화자가 윤정의 뺨을 어루만져 준다.

"엄마, 고맙습니다. 제가 정말 잘 할게요. 건강하게 오래오래 사시기만 하세요. 네!"

윤정이 눈물이 그렁그렁해서 화자의 어깨에 얼굴을 파묻자 모두들 눈시울이 빨개진다.

"정우야, 너무 좋구나, 오랜만에 정말 오랜만에 우리가 하나가 된 기분이다. 자! 어서들 많이 먹어라. 그러지 말고 우리 뭐 좀 더 시키자. 윤정아, 너 뭐 먹을래? 홍어무침? 낙지볶음? 그래 우리 낙지볶음 하나 더 시키자. 아줌마!"

화자가 주인을 부르자 윤정이 배를 두드리며

"엄마, 저 진짜 배불러요. 이거 보세요. 맹꽁이배가 됐어요. 호! 호! 호!"

화자가 얼큰해져서 넋두리를 한다.
　"정우야, 이 엄마에게도 꽃피는 봄날이 있었단다. 아버지의 지극한 사랑을 받던 시절이 있었지, 내가 외할아버지가 즐겨 부르시던 노래 한 곡 불러줄까?"
　"아~아~ 으악새 슬피 우~니~ 가을~ 인~가 아 요~"
　정우가 옆 좌석에 앉은 손님들에게 고개를 숙이며 양해를 구한다. 다복해 보이는 이들 가족을 위해 옆 좌석의 손님들이 박수를 쳐주며 "앵콜! 앵콜!" 한다.
　세상에 이보다 더 화목한 가정이 있을까!
　세상에 이보다 더 행복할 수 있을까!
　가족이란 뭐지?
　제일 가까우면서, 제일 상처를 많이 주고, 제일 아끼면서도 갈등하는 관계?
　화자는 모처럼 회포를 풀어내고 행복한 꿈을 꾸며 깊은 잠을 잤다.
　며칠 뒤, 이모와 삼촌네 식구들이 왔다. 시차 때문에 힘들 텐데도 워낙 오랜만에 만나서인지 다들 이야기 보따리를 풀어놓느라 정신이 없다.
　"우리 정우가 장가를 가다니, 이모가 이렇게 안 늙을 재간이 있겠니? 호! 호! 호!"
　"뭘요, 이모는 하나도 안 변하셨는데요."
　"아유, 얘가, 얘가, 이런 거짓말도 할 줄 아네, 호! 호! 호! 그나저나 우리 요셉과 다니엘은 왜 결혼을 안 하는지 모르겠다. 정우 네가 붙잡고 얘기 좀 해봐라 응!"

"아직 자기 짝을 못 만난 모양이죠 뭐, 남들이 다 하니까 나도 결혼해야지 그럴 일은 아니잖아요. 이 사람이면 평생을 같이해도 좋겠다. 이 사람을 위해서는 죽을 수도 있겠다, 뭐 이 정도는 돼야, 하! 하! 하!"

외할머니는 정우의 등을 쓰다듬어 내리며 옛날 생각이 나시는지 눈물바람이시다.

"세상에 내 새끼가 장가를 가는구나, 그 모진 고생을 다 이기고······."

정우도 할머니와 지내던 날들이 떠올라 눈물이 난다.

숙자이모는 그 사이 많이 늙어 보였다.

왜 안 그렇겠는가! 그렇게 마음고생을 많이 했으니! 모두들 지난 이야기에 신바람이 났다. 아무리 힘들었던 얘기도 시간이 지나면 이렇게 웃으면서 할 수 있다는 게 얼마나 다행인가!

숙자 언니가 미스코리아 나간다고 몰래 수영복 사다 입고 밤마다 걷는 연습하던 얘기가 나오자 다들 폭소를 터뜨린다.

"왜 그렇게 엉덩이를 많이 흔드는지, 난 언니가 꼭 떨어질 줄 알았다니까, 그런데 실전에서 그렇게 잘하더라고, 우리 요셉과 다니엘을 만나려고 1등을 했지? 그치 요셉?"

이미 남이 되어버린 형부를 생각하며 다들 분위기가 뚱해지는데, 화자가 정우 어렸을 적 얘기를 하며 호들갑을 떨어 분위기를 바꿔 놓는다.

"이 사진 좀 봐라, 우리 정우가 얼마나 총명하게 생겼니? 어찌나 애가 곱살하던지, 데리고 나가면 딸이냐고 물어보더라니까!"

앨범을 들추다가 화자가 아버지와 함께 찍은 사진이 나온다. 아버지 젊었을 적 얘기가 나오자 영수와 영재가 자리를 피하려고 일어서려한다. 이번에는 정우가 며칠 전 화자가 막걸리 집에서 열창을 하여 앵콜을 받았었다는 이야기를 하며 화재를 돌린다.

영수와 영재를 생각하니 화자의 마음이 쓸쓸해진다.

'저렇게 어른이 다 되어서도 아버지의 환영에서 벗어나지를 못했구나!'

아직도 동생들의 마음 밑바닥에 깔려 있는 어둠의 영들을 보며 화자는 안타깝기 짝이 없다.

가족 간의 갈등으로 상처를 안고 살아가는 사람들이 어디 우리 가족뿐이랴! 사람의 감정을 조작하며 가정을 파괴하고 좋은 관계를 무너뜨리는 배후조직을 동생들이 알아야 잘 대처할 수 있을 텐데……

화자는 이 기회에 외삼촌들도 교회에 다니도록 권면하라고 정우에게 부탁을 한다.

"네 엄마야 늘 네 자랑하는 재미로 살았었지, 이제 다 커서 결혼을 하니 세월이 얼마나 빠른 거냐?"

"정우는 너무 총명하고 똑똑해서 나는 정우가 대통령이 될 줄 알았어, 네 엄마 마음속의 비밀은 항상 정우 너였지, 네 엄마가 사는 이유지! 생명줄이지 생명줄! 네 엄마가 살아가는 이유가 되는 생명줄!"

"우리 정우는 항상 1등만 했었다!"

할머니가 자랑을 하시자, 윤정이 나서며

"저도 항상 1등만 했었어요. 할머니!" 한다.

"맞아, 우리 딸 윤정이도 1등을 안 놓쳤었어, 내가 알아."

화자의 말에 모두들 안타까운 미소를 보내준다.

잠자리에 누운 윤정은 내일이면 내가 한 남자의 아내가 되는구나 하는 생각을 하니 잠이 오질 않는다.

윤정의 서글픈 마음을 아는지 밤새 비가 주룩주룩 내린다.

'이럴 때 엄마 아빠가 계셨더라면, 신부 입장 때 아빠의 손을 잡고 다정하게 걸을 수만 있다면 얼마나 좋을까!'

윤정이 밤새 뒤척이며 흐느껴 울자 할머니가 옆에서 윤정을 다독인다.

"아가야, 결혼하기 전날 밤에 비가 오던지 눈이 오면 부자로 잘 산다더라"

'이런 덕담을 우리 엄마가 해주었으면…… 우리 아빠가 새신랑을 앉혀놓고 내 딸 고생시키면 가만두지 않을 거야 엄포를 놓으며 정우 씨를 사랑해줬으면…….'

부모님 생각이 너무 간절해서 이불을 뒤집어쓰고 펑펑 우는데, 어디선가 아주 포근하고 향긋한 향내가 난다. 세상에서는 맡아보지 못했던 향기가 진동을 하며 코를 자극해 윤정이 눈을 뜨고 두리번거린다.

'어! 아무것도 달라진 게 없는데, 어디서 나는 거지? 이렇게 행복감에 젖어들게 하는 이 향기는 어디서 나는 걸까? 아하! 전에 들은 적 있는 것 같아, 하나님이 우는 자의 눈물을 닦아주실 때면 이렇게 고혹적인 향기가 난다고!'

"하나님, 감사합니다. 예수님의 향기를 전하며 살도록 하겠어요."

윤정은 이 아름다운 순간을 놓치지 않으려고 계속 코를 벌름거리며 킁킁거린다.

'하나님께서 부모님이 안 계셔도 외로워하지 말라고, 내가 너와 함께해주마, 깨달으라고 이렇게 좋은 향기를 맡게 하시는구나!'

"정말, 정말, 멋진 하나님! 하나님은 정말 멋쟁이십니다. 내 인생을 이렇게 바꿔놓으신 하나님! 나는 당신을 진짜 많이 사랑합니다!"

결혼식 전 날은 비가 추적추적 오더니, 결혼식 날은 어찌나 날씨가 화창한지 모두가 밝은 표정들이다.

날씨 하나에도 기분이 오락가락하는 연약한 인간들.

엄마의 소원대로 정우는 교회 집사님의 정원을 빌려서 올리기로 했다.

계절의 여왕 5월, 5월의 신부가 가장 아름답다고 했던가!

봄꽃이 만개한 정원은 화려함 그 자체였다.

가지각색의 꽃들이 교태를 부리며 피어있다.

미주는 윤정을 데리고 미장원으로 향한다.

"뭐 빠진 것은 없나 체크해 봤어요?"

"오빠 빠진 거 없어, 신랑만 안 빠지고 나타나면 돼요."

미주가 농담을 하자 정우가 다들 이리 와서 앉으라며 손에 손을 잡고 기도를 올린다.

"하나님 아버지, 오늘 일정을 하나님께 맡겨드립니다. 사단의 역사를 막아주시고, 저희들의 결혼을 축복하옵소서, 예수님의 이름으로 기도합니다. 아멘."

그 시각 화자 역시 신당에 들어가 치성을 드린다.

"오늘 우리 아들 결혼식입니다. 목사님이 나와서 설교하더라도 화내지 말고 오늘 하루만 참아 주십시오."

간절히 기도하고 식장으로 향한다.

화자가 식장에 들어서자 정우 교회의 담임목사님과 사모님이 화자를 반겨준다.

"아드님 결혼을 진심으로 축하드립니다."

"아 네에, 고맙습니다. 여러모로 도와주셔서 정말 감사합니다."

목사와 무당 자격이 아닌, 하객과 혼주로서 나누는 인사다. 하객들이 모두 자리를 잡고 앉는다. 화자는 두루두루 인사를 차리느라 사방을 둘러본다.

작은 어머니 식구도 다들 오셨다.

교회 성도들도 엄청 와 주었다.

무당 아들 목사님의 결혼식이니 흥미진진하겠지?

식이 진행되자 윤정이 훌쩍이며 눈물을 찍어낸다.

이런 날 부모님 생각이 얼마나 간절할까?

화자는 윤정을 바라보며 애처로워 한다.

옆에 앉은 정우를 보니 정우도 울고 있다.

'제 아빠만 살아있었다면, 우리 모두가 이렇게 어려운 일들을 겪지 않았을 지도 모르는데'

먼저 간 정우 아빠를 생각하며 화자도 눈물을 흘린다.

"신부가 너무 우네……" 하객들도 덩달아 운다.

화자는 울지 않으려고 이를 악물지만 아무리 애를 써도 쏟아지는 눈물을 주체할 수가 없다.

식순에 따라 목사님이 설교말씀을 하는 순간 화자의 몸이 갑자기 휘익 잡아 돌리며 어지러움을 느낀다.

화자의 뱃속에 있는 것이 꿈틀거리며 요동을 친다.

정우와 윤정이 기도를 마치고 눈을 뜨다가 엄마의 얼굴에서 진땀이 흐르는 것을 보고 놀란다.

둘이 동시에 기도를 한다.

"아, 하나님, 어쩌면 좋아요. 엄마를 도와주세요."

목사님의 설교말씀은 아주 짧았다. 기도도 아주 간결하게 했다. 그리 오랜 시간이 걸린 것도 아닌데, 벼락영감은 견딜 수가 없도록 화자를 괴롭히고 난리를 친다. 아무도 눈치를 못 채고 지나갔지만 할머니가 알아채도 아들들 귀에 대고 말씀하신다.

"네 누나가 아무래도 이상하다."

목사님의 축도로 모든 결혼예식이 끝이 났다. 외삼촌들이 화자를 부축하여 얼른 밖으로 데리고 나간다.

정말 아슬아슬한 순간이었다.

다행히 하객들은 기도를 하느라 고개를 숙이고 있어서 화자의 몸 부림치는 모습을 보지 못한 모양이다.

무사히 결혼식을 마친 신랑신부는 비로소 안도의 한숨을 내쉬며 하나님께 깊은 감사의 기도를 올린다.

하객들이 모두 돌아가고 정우가 엄마를 모시고 집으로 가려하자 화자는 굳이 괜찮다며 사양을 한다.

정우와 윤정이 화자의 배를 보니 정말 괜찮아 보인다. 그렇게 요동을 치더니…….

목사님의 설교가 그렇게 무서웠나보다.

모든 귀신들이 모든 사람들의 눈과 귀를 막는다더니, 저희들이 무서워서 그렇게 하는가보다.

정우와 윤정은 하나님의 말씀이 살아 움직임을 또 한 번 깨닫는다. 정우와 윤정은 신혼여행을 미루고 엄마를 위하여 교회에서 기도하며 첫날밤을 보내기로 했다.

이 소식을 전해들은 교인들과 친척들이 다들 어이없어 하면서도 그들의 갸륵한 효심을 칭찬하며 함께 나와 기도해 주었다.

숙자 이모도 신앙생활을 잘하고 계셨다. 아픈 만큼 성숙한다는 말처럼 숙자 이모에게 고통의 시간은 성숙한 신앙을 만들어 내는 연단의 기간이었나 보다.

16

운명,
무당과 목사로 만난 첫사랑

화자를 알아 본 목사님은 바로
준하 오빠였다.
꿈에도 못 잊었던 화자가 무당이
되어 혼수상태로 있다니!

며칠 뒤 미주가 헐레벌떡 정우를 찾아왔다.

엄마가 많이 아프다고 했다. 정우는 속으로 '올 것이 왔구나.' 직감하며 목사님께 전화를 돌린다.

정우의 엄마가 무당이라는 사실을 알고 목사님을 비롯하여 온 교인들이 정우 엄마를 위해 기도하고 있었다. 물론 이 사실을 받아들이지 못해 교회를 떠난 사람도 몇몇 있었다.

"목사 엄마가 무당이라는 게 말이 돼? 자기 엄마도 구원 못시키는 목사가 누구를 도울 수 있겠어!"

세상에는 언제나 선과 악이 공존한다.

도우려는 자와, 넘어뜨리는 자들!

정우의 연락을 받고 목사님과 교인들이 기다리고 있었다. 정우가 목사님과 교인들을 모시고 엄마 집으로 갔다. 목사님의 연락을 받고 달려오신 친구 목사님 일곱 분도 함께 동행했다.

화자의 집에는 점을 치러왔던 사람들이 차례를 기다리는지 모여 있다. 화자의 신당에 목사님들이 나타나자 화자의 얼굴이 백짓장처럼 질린다.

목사님들이 나타나기만 했는데 화자는 무서워 덜덜 떨며 이리 숨고 저리 숨고 난리를 친다.

목사님들에게서 이상한 힘이 뿜어져 나오고 있다.

겁에 질린 화자도, 점을 치러 온 사람들도 숨을 죽이며 이 기이한 현상을 지켜보고 있다.

함께 간 사람들이 뺑 둘러앉아 찬송을 부른다.

찬송을 부르기가 무섭게 화자가 입에 거품을 물고 쓰러진다. 점을 치러 왔던 사람들이 한 발짝씩 물러나며 숨죽이고 지켜본다.

마치 괴기영화라도 보는 듯 한 분위기다.

혹시 자기에게 귀신이라도 달라붙을까봐 그러는지 연신 옷을 털어내는 사람, 한 손으로 입을 틀어막고 있는 사람, 옆 사람의 팔을 꼭 붙잡고 있는 사람, 두려움 반 호기심 반, 그러나 분명한 사실은 이 자리에 있는 어느 누구도 신의 존재를 부정하지 못한다는 사실이다.

계속 되는 찬송소리에 화자는 몸을 뒤틀며 숨이 막히는지 얼굴이 빨갛게 달아올라 고통스러워한다.

"저 사람들 보니. 하나님이 진짜 있는가 봐!"

"아유! 난 무서워서 갈래."

억지로 시간을 내서 왔는데 점도 못치고 가게 됐다며 투덜거리는 사람을 따라 몇 명은 돌아간다.

찬송을 부르다가 화자의 얼굴을 본 친구 목사님이 소스라치게 놀란다.

"저 …… 저 …… 화자 아냐?"

화자를 알아 본 목사님은 바로 준하 오빠였다.

꿈에도 못 잊었던 화자가 무당이 되어 혼수상태로 있다니!

믿을 수 없는 현실, 준하는 찬송을 부르며 마냥 운다. 화자는 세월의 시간보다 훨씬 나이 들어 보였다.

주름진 얼굴에서 그간의 고통들이 드러나 보인다.

"불쌍한 사람!"

어려서 일이 필름처럼 돌아간다.

준하는 어린 마음에도 돈을 벌어야만 화자를 다시 만날 수 있을 것 같았다. 돈을 많이 벌어서 당당한 모습으로 화자를 찾아가자. 준하는 화자를 다시 만나기 위해 물불을 안 가리고 돈을 벌었다.

생명처럼 간직해온 소중한 첫사랑이 무당과 목사가 되어 만나다니, 세상에 이런 지독한 형벌의 대가가 어디 있단 말인가!

아현동에서 야반도주를 하듯 이사를 가면서 준하는 하나님께 간절히 기도했었다.

"하나님, 지금 이렇게 떠나더라도 훗날 반드시 화자를 다시 만나게 해주세요."

이제야 기도 응답이 이루어진 것인가!

계속 되는 찬송소리에 화자의 입에서 이상한 목소리가 흘러나온다.

"나갈게, 나갈게"

소름끼치는 웃음소리가 계속 들린다.

모두는 계속 기도를 했다.

"예수의 이름으로! 예수의 이름으로!"

합심을 하여 계속 부르짖자, 화자가 깊은 한숨을 쉬며 잠간 눈을 뜬다. 그리고 사방을 물끄러미 둘러본다.

그러다 화자의 눈이 '멍' 해진다.

"어?"

화자는 내가 헛것을 보나 싶은지 다시 한 번 준하를 바라보다, 다시 한 번 눈을 감았다, 다시 떠보며 정말 준하인 것을 알고는 화들짝 놀란다.

"준 …… 준하 오빠!"

"그래, 이제 정신이 좀 드니?" 준하가 다정히 묻는다.

"준하 오빠가 여기 웬일이야? 내가 지금 꿈을 꾸는 건가?"

준하가 눈물을 흘리며 대답한다.

"아냐, 꿈이 아니야 화자야, 나는 이렇게, 널, 꼭, 다시 보게 될 줄 알았어."

준하가 무릎을 꿇고 화자의 얼굴 가까이 자기 얼굴을 대며 울먹인다. 준하는 함께 왔던 사람들을 모두 돌려보내고 화자는 자기가 지키겠다며 혼자 남는다.

"미안해 화자야, 그 땐 내가 너무 어렸어, 내가 뭘 어떻게 해야 할 줄 몰랐어, 하지만 지금까지 단 하루도 너를 잊었던 적이 없었어, 내가 지금껏 버틸 수 있었던 힘은 너와 함께 했던 추억이 있어서야."

그러자 화자의 얼굴에 비웃는 듯 한 요상한 미소가 머문다. 화자가 옛날을 회상하며 슬픈 감상에 젖어들자 벼락영감이 화자에게 속삭인다.

"내가 네 소원을 이루어준 거 잊지 마라! 준하는 너에게 인사 한 마디 남기지 않고 떠났던 사람이야! 끝까지 용서하지 마!"

화자가 두 소리를 듣고, 내고 있다.

준하를 향해 눈을 치켜뜨며 째려보다가, 다시 측은한 눈빛으로 바라다본다. 무표정한 얼굴로 바라보다가, 입술만 달싹 웃기도 하고, 오만상을 하고 찡그렸다가, 표정 없이 물끄러미 바라다본다.

준하는 화자의 슬픈 얼굴 뒤에 너무나 천진난만했던 어릴 적 모습이 겹쳐지는 것을 본다.

이렇게 되기까지 얼마나 모진 고통을 겪어냈을까?

준하는 상처투성이인 화자의 마음을 끌어안고 소리죽여 운다.

"화자야! 미안하다, 너를 너무 사랑해서 너에게 못 갔어, 너무너무 보고 싶었는데, 떳떳하지 못해서 못 갔어, 돈을 모아야 성공하는 줄 알고, 돈을 모아서 네 앞에 나타나려고, 나, 한 때 깡패 두목까지 했었다. 지금 생각해 보면 어리석기 짝이 없는 생각이지만, 그 땐 돈을 벌자는 생각 외엔 할 수가 없었어, 갑자기 동생들과 아버지에게 보내졌는데, 계모의 학대와 모함을 견딜 수가 없었어, 얼른 돈 벌어서 동생들을 보살펴야겠다는 절박한 마음이 나를 어둠의 길로 몰아붙였지, 내 동생들과 계모가 낳은 동생들이 매일매일 치고받고 싸웠어, 서로 아버지의 사랑을 차지하고 싶어서, 모함하고 이간질하고, 욕심과 질투는 끊임없는 불행을 불러다 주더군, 내 마음은 상처로 얼룩지고 만신창이가 되었어, 아버지에게 대들고, 방문을 발로 차서 부숴도 보고, 내가, 내가 아니었었지, 그러면서도 유일하게 내 마음을 붙잡아 주는 힘이 있었어, 그건 바로 너에 대한 그리움, 너를 다시 만나고 싶다는 희망이었어, 아현동 골목을 누비며 함께 했던 추억들을 떠올리면, 이렇게 함부로 살면 안 되겠다는 각성이 일어났지, 너와의 추억은 내 삶의 유일한 낙이었어, 소망이었고, 내말 듣고 있는 거야?"

화자가 고개를 주억 거린다.

"그래, 고마워. 너를 만나면 꼭 해주고 싶었던 말이 있어, 사랑한다는 말보다 더 먼저 해주고 싶은 말이 있었어, 바로 고맙다는 말이야, 뭐가 고맙냐고? 네가 이 세상에 존재한다는 이유 하나만으로도 나는 그 모든 것들을 이겨낼 수 있었으니까, 내 별명이 뭐였는지 아니? 퓨마였어, 날센돌이 퓨마, 난 올라갈 만큼 올라갔고, 부도 축적하게 되었었지, 이 정도면 됐다! 하고 너를 찾았을 땐, 이미 한국에 없더군, 돌아갈 고향이 없어진 것처럼 그 다음부턴 갈피를 못 잡겠더라, 낙이 없어졌으니까, 어느 날 싸움판이 벌어졌지, 이상하게 그날따라 싸우기가 싫더라고, 그래도 저쪽에서 싸움을 걸어오니까 응대를 해야 했었지, 아무리 깡패 소굴이라 해도 서로 기본 원칙을 지켜왔는데, 한 놈이 칼을 들고 휘두르는 거야, 원래 칼을 쓰지 않기로 해왔었는데 말이지, 칼에 맞고 3일 동안 깨어나질 못했어, 세상말로 비몽사몽간에 있을 때, 그 때 나는 이 세상에서 들어본 적이 없었던 어떤 음성을 들었어, '아들아 내가 너를 사랑한다!' 죽음의 순간에 그렇게 하나님이 나를 찾아오셨고, 나를 만나주셨지, 하나님의 음성은 큰 뇌성과도 같더군, 귀로 들었다기보다는 온 몸으로 느꼈다는 표현이 더 정확할 거야, 나를 사랑하신다는 말을 듣는 순간, 나는 그 분이 바로 하나님이라는 걸 깨달았어, 옛날에 너랑 같이 아현동 언덕 위에 있던 교회에서 소개 받았던 하나님, 그 하나님을 만나고 깨어났어, 3일 만에, 하나님을 만나고 나니 세상사 모든 게 재미가 없더군, 그냥 하나님하고만 함께 있고 싶어졌지, 앉으나 서나 '아들아, 내가 너를 사랑한다!' 하시던 그 음성이 나를 따라 다니더군, 하나님의 음성이 지워지질 않았어, 그래서 결심했지, 주의 종이 되어서 일평생 주님과 함께 살기로, 화자야, 나, 결혼 했나 궁금하지? 물론 결혼했었어, 깡패두목일 때, 잘 나가고 돈 많을 때, 그런데 내가 하루아침에 목사가 된다니까 딸을 떼놓고 도망을 가더군, 나를 사랑한 사람이 아니었으니까, 내가 아닌 내가 가진 돈을 사랑했던 사람이니까, 그 과정이 고통스러웠지만, 쉽게 포기가 되더군, 그 사람은 내가 마귀의 것을 누릴 때 만났던 사람이니까, 그도 마귀에게 종속된 사람이었지, 그러니 선과 악이 공존할 수 없는 건 당연한 거잖아, 지금도 그 사람 원망은 안 해, 하나님을 만나고 보니까 세상사 모든 것이 부질없어 보이더군, 병원에 있는 동안, 그 적막한 시간동안 네가 얼마나 생각이 나고 보고 싶었는지 몰라, 화자야, 너를 이렇게 만나게 되어서 너무 너무 감사하다, 내 인생에서 화자 너를 빼고 나면 뭐가 남을까? 아현동에서 늘 나를 챙겨주던 너의 그 따뜻한 마음을 빼면 내 감정에서 뭐가 남을까? 네가 없는 나는 껍데기고 시체나 다름없는 존재지, 생명이 끊어진 존재! 화자야, 우리 이제 헤어지지 말자, 이제 우리 같이 나이 들어가자, 너도 나도 그게 평생의 소원이었잖니? 할아버지 할머니가 되어서도 서로 사랑해 주고 아프면 보살펴주고, 등도 긁어주며 그렇게 다정하게, 사람답게! 사는 것처럼 한 번 살아보자, 응, 화자야, 내 말 듣고 있지?"

준하 오빠의 진심이 구구절절 다가온다.

화자가 입에 힘을 주고 있다.

준하 오빠의 말을 들으면서도 화자는 또 다른 영적 세계에 시달리고 있었다.

벼락영감이 화자에게 합리성을 띠며 속삭인다.

"넌 네 남편을 죽였어, 그걸 알아도 준하가 너를 사랑해줄까? 네가 살인자라는 걸 준하가 알아도 좋으니? 싫으면 지금 죽어, 그래야 이 사실을 준하가 영원히 모를 거 아냐!"

계속 속삭이지만 그 속삭임은 크게 힘을 내지 못한다. 준하의 말 속에 벼락영감도 힘을 잃어간다. 제 아무리 악한 귀신도 사랑의 힘 앞에선 꼼짝을 못하는 법이다.

화자가 듣든 말든 준하는 지나간 날을 보상이라도 하듯 화자를 보살피며 옛날이야기를 한다.

함께 하지 못한 지나간 세월에 한풀이를 하듯 다음날도 그 다음날도 준하는 화자를 찾아와 다독인다.

벼락영감은 준하가 돌아가기만을 기다렸다가, 없는 틈을 타, 밤새도록 화자를 못살게 괴롭혔다.

준하 오빠와의 사랑에 질투가 나서 만신(萬神)을 불러들여 화자를 괴롭힌다. 만 가지 귀신이 화자를 찍어 누르니 그 고통이 오죽하겠는가!

하루하루 초췌해가는 화자를 바라보며 이대로 두었다가는 불행한 일을 당하겠다는 생각이 들어 정우를 불러 상의를 한다.

"정우 목사님, 아무래도 어머니의 병은 기도해야 나을 병 같아요. 목사님도 이미 알고 있었지요?"

"네, 목사님, 저희들이 계속 기도하고 있습니다. 이제 본격적으로 벼락영감을 쫓아내도록 전심해서 기도해야 되겠습니다."

정우 역시 하나님의 때가 다다른 것 같다며 준하와 함께 벼락영감을 쫓아낼 때까지 혼신의 힘을 다해 기도하자고 약속을 한다. 비록 그 색깔은 다르지만 화자를 사랑하는 두 마음이 힘을 합했다.

그 시각, 의식이 혼미한 화자가 헛손질을 해댄다. 꿈을 꾸는 건지, 벼락영감을 달래는 건지, 손을 비벼대기도 하고, 다시는 안 만날 테니 병 좀 고쳐달라고 헛소리를 하기도 한다.

얼마나 시간이 흘렀을까?

화자가 정신이 들었는지 식은땀을 흘리며 눈을 뜬다. 준하가 반색을 하며 화자를 다독인다.

"화자야, 벼락영감이 또 괴롭히면 내가 예수의 이름으로 명령한다. 썩 물러가라! 그렇게 소리를 질러서 쫓아내면 돼, 어디 나를 따라서 한 번 해봐, 응?"

화자가 겁먹은 표정으로 준하를 바라보자 준하가 다시 한번 당부를 한다.

"화자야, 귀신들은 예수님의 이름 앞에서는 꼼짝도 못하는 허깨비 같은 존재들이야, 겁먹을 필요가 없어요, 그림자 같은 허상들이라고, 화자 너는 단지 예수 이름의 위력을 믿기만 하면 돼, 귀신은 아무것도 아닌데, 믿지를 못해서 당하는 거야"

식은땀을 흘리며 벼락영감에게 시달리는 화자를 준하가 꼬옥 안아준다.

"화자야, 생각나니? 내가 윤식이랑 싸웠을 때, 그 때 네가 나를 이렇게 꼬옥 안아줬었는데……."

화자가 생각나는 듯 미소를 짓는다.

"준하 오빠, 나를 어떻게 알아 봤어요?"

"그러게. 누워 있는 네 모습에 아현동 살 적 네 엄마 얼굴이 그대로 있더라. 그래서 금방 알아 봤지."

"그랬구나…"

몸과 마음이 피투성이가 된 화자를 안고 준하가 계속해서 기도를 한다.

"하나님, 우리 화자가 얼마나 마음씨 곱고 착한 사람인지 아시지요? 세상이 이렇게 만신창이로 만들었지만, 하나님은 다시 회복시키실 수 있잖아요. 우리 화자를 이 모든 고통 속에서 건져 주십시오."

갑자기 화자가 엉엉 운다.

"오빠, 나도 오빠랑 행복하게 살아보고 싶어, 나도 교통사고 났을 때 하나님을 느낀 적이 있었어, 그런데 내가 질투에 눈이 멀어서 하나님을 거절하고 귀신의 영을 받아드렸어, 나 같은 사악한 죄인을, 이렇게 간교한 죄인을, 하나님이 용서해 주실까? 내 안에는 아주 사악하고 더러운 영이 있어 오빠, 그런 나를 하나님이 친히 찾아 오셨었는데, 내가 외면했어, 난 정말 미련하고 어리석은 인간이야, 오빠, 오빠가 나 좀 도와줘, 나도 이 악한 영들에게서 정말 벗어나고 싶어 오빠! 이렇게 시달리며 사는 게 정말 지긋지긋해!"

화자가 준하의 손을 꼭 잡고 펑펑 운다.

"화자야, 하나님 앞에서는 크고 작은 죄가 없어, 다 도토리 키 재기일 뿐이야, 하나님은 우리들의 죄의 무게를 달아보시는 분이 아니야, 죄인들이 돌아오기를 끝까지 참아주며 기다리시는 분이지, 하나님은 우리가 돌아올 때까지 끝까지 기회를 주시는 분이셔, 화자야, 많이 울어서 힘들 텐데 그만 자, 자고 내일 기운차려서 또 이야기하자."

화자가 지쳤는지 스르르 잠이 든다.

준하가 꿈을 꾸듯 화자의 집을 나선다.

시간이 얼마나 흘렀을까? 곤히 잠들었다가 일어난 화자가 사방을 둘러본다.

'맞아, 내가 깊이 편안하게 자고 싶어서 준하 오빠가 돌아간 후에 수면제를 먹었지, 내가 잠든 사이 정우가 왔었구나!'

화자는 옆에 누워있는 정우의 손을 잡는다.

"아유, 가여운 내 새끼, 엄마가 못나서 평생 너한테 짐만 되는구나, 우리 훌륭하신 목사님을, 걱정만 시키는 못난 엄마를 용서해다오. 정우야, 내 안에는 또 하나의 내가 있어, 아무리 노력해도 내 의지대로 안 되는 내가 있단 말이다!"

정말 오랜만에 엄마의 본심을 들어본다. 엄마의 따뜻한 모습에 쏟아지는 눈물을 억지로 참으며 정우가 입을 연다.

"엄마, 이제 고생 그만하시고 미주랑 우리 다 같이 모여 살아요. 부족하지만 제가 모실게요. 이제 벼락영감은 버리세요. 엄마도 영적인 세계를 느끼시죠? 우리 같이 쫓아내요, 그 길만이 엄마가 살 길이고, 그 길만이 엄마가 끔찍이도 사랑하는 아들을 살리는 길이예요. 엄마 사랑해요. 이제 엄마가 제 부탁 한 번만 들어주세요. 네? 엄마, 제발 우리와 함께 살아요."

"아이고, 착한 우리 아들, 엄마가 부끄러울 텐데 내색 한 번 안 하고, 엄마를 끝까지 사랑해준 우리 아들이 엄마는 고맙고 미안하다."

정우는 엄마를 지키기 위해 귀신들이 득실거리는 방에서 엄마와 같이 누웠다. 귀신이 접근하지 못하도록 주기도문을 외우고 찬송을 부른다.

잠깐 잠이 들었을까?

이상한 소리가 들려 눈을 뜨니 어디서 났는지 화자가 수면제를 털어 넣고 고통스러워 한다.

"엄마! 엄마! 정신 차려요!"

정우가 급히 119 구급대를 부른다.

"엄마가 왜? 엄마가 그렇게도 보고 싶어 했던 준하 목사님도 만났는데, 왜! 엄마! 왜 그랬어! 엄마 죽으면 안 돼! 엄마!"

정우는 화자를 응급실에 들여보내놓고 준하에게 전화를 한다. 새벽 2시 준하가 응급실로 달려오고 화자는 위세척을 하고도 정신을 못 차린 채 혼수상태로 누워있다.

응급실의 음침한 기운에 몸서리를 치며 준하와 정우가 계속 예수의 이름으로 기도하고 있다.

"화자야, 나쁜 영이 너에게 몰려와도 예수님의 이름을 불러! 예수님의 이름을 부르기만 해도 귀신들은 꼼짝 못해, 화자야, 내 말 들리지? 예수의 이름으로 귀신을 몰아내! 그리고 하나님께 너의 죄에 대해 용서를 빌어! 귀신들은 예수의 이름을 모르는 사람들에게만 활개를 치는 거야! 화자야, 너와 내가 지금 이별한다 해도, 우리는 반드시 천국에서 다시 만나야 해! 화자야 내말 들리지?"

준하가 화자의 손을 잡고 다급하게 전해준다.

들었는지 못 들었는지, 그 때, 징그러운 물체가 화자의 눈 뚜껑을 열고 나온다. 화자의 눈 위에 징그러운 또 하나의 눈이 나와 두리번거린다.

곧이어 화자의 입에서 징그러운 물체가 나와 또 하나의 큰 입을 벌리며 소리를 지른다.

"화자는 내거야! 내가 지옥으로 같이 데려갈 거야! 화자 없이는 내가 외로워서 안 돼!"

정우와 준하는 이 어이없는 광경을 멍하니 바라본다. 정우가 정신이 돌아온 듯 큰소리로 기도한다.

"내가 나사렛 예수의 이름으로 명하노니 이 딸에게서 떠나가라!" 그러자 징그러운 혀와 입술이 날름거리며 "나갈게, 나갈게," 한다.

참 귀신도 가지가지다. 그러나 분명한 사실은 귀신들은 허상일 뿐이라는 사실이다.

예수님의 이름 앞에서 귀신들은 연기처럼, 안개처럼 사라지는 존재들이다.

정우와 준하가 더욱더 세게 기도하자 벼락영감이 이상한 소리를 내며 나갔다가, 또 들어갔다가, 정우와 준하의 힘을 빼고 있다.

정말 괴기 영화에서 보듯 징그러운 웃음소리를 내며 "나갈게, 나갈게"하며 요동을 치고 나갔다가, 또 다시 들어갔다 한다. 정우와 준하는 더욱 담대히 내쫓는다.

화자의 몸에서 내쫓긴 귀신이 다른데 둥지를 틀려고 응급실 환자들을 두루 살피며 쉴만한 육체를 찾고 있다.

화자의 바로 옆에 교통사고를 당해 들어온 젊은 여자의 몸속으로 더러운 귀신이 들어가려고 시도하자 정우와 준하가 힘을 다해 기도하며 물리친다.

그러자 젊은 여자에게로 들어가지 못하고 이내 연기처럼 사라져 버린다.

위암 말기 환자가 혼수상태로 화자의 옆 침대에 누워있다. 귀신들이 지옥으로 데려가려고 왔는지 갑자기 팔을 들고 권투하는 자세를 취하며 반항을 한다.

문 쪽에 누워있는 또 다른 할머니는 뜨거운 지옥 불에 들어가기라도 했는지, 발을 오므리며 "앗 뜨거! 앗 뜨거워! 아 악!"하며 몸부림을 친다.

준하와 정우가 찬송을 부르자 귀신이 차렷 자세로 서 있는 것이 보인다.

준하와 정우가 다급한 목소리로 소리친다.

"지옥으로 끌려가지 않으려면 저를 따라하세요!"

"아버지, 저는 죄인입니다."

그러자 권투를 하듯 팔을 휘두르던 남자의 입술이 달싹이며 움직이는 게 보인다.

옆 침대의 할머니도 입술을 다급히 움직인다.

"세상 쫓아다니다가 이제야 아버지 곁으로 갑니다. 나의 모든 죄를 용서하시려고 십자가에서 죽으신 예수님의 구속의 은총을 믿습니다. 내 영혼을 받아주십시오. 예수님의 이름으로 기도합니다. 아멘."

영접 기도를 마치자 모두의 얼굴이 평온해진다.

정우와 준하의 눈에 검은 물체가 걷히는 것이 보이는데, 곧이어 천사들이 내려와 그들의 영혼이 천국으로 올리어지도록 보좌하는 것이 보인다. 이 광경을 목격한 정우와 준하가 기쁨의 함성을 터뜨린다.

천하 범사에는 모두 때가 있다.

날 때가 있으면 죽을 때가 있고,

심을 때가 있으면 거둘 때가 있다.

우리 모두는, 누구 한 사람도 예외 없이 하나님의 심판대 앞에 서야 할 때가 있다.

그 때에 예수 믿지 않는 자들은 지옥으로 떨어져, 죽고자해도 죽을 수도 없는 영원한 시간을, 몸에 불이 붙은 고통을 느끼며 살 때가 온다.

응급실에서는 영적 싸움이 계속 되고 있다.

정우와 준하가 기도하고 찬송을 부르자 귀신들이 무서워하며 숨는 것이 보인다.

벼락영감과 저주의 귀신이 다른 환자들의 입을 벌리고 들어가려다가 준하와 정우가 기도하자 순식간에 사라진다.

하나님의 비밀을 환자들에게 다 말해줄 수는 없지만 증거가 나타나고 있었다.

사투를 벌이던 긴 밤이 지나갔다. 해가 뜨자 환자들이 일어나 앉으며 몸이 아주 가벼워졌다고 말한다.

"어제 당신들이 기도하는 소리를 들었어요."

중환자들의 입에서 이 같은 말이 나오자 간호사들이 놀라 정우와 준하를 번갈아 바라본다.

순식간에 병원 내에 소문이 돌았다.

"저분들은 진짜 목사님이야, 귀신도 쫓아냈다니까요!"

화자가 눈을 떴다. 준하와 정우가 다가선다.

"엄마!"

"응, 우리 아들……"

"화자야!"

"네에, 준하 오빠!"

"화자야, 다신 너를 못 보는 줄 알고 얼마나 놀랐는지 아니? 우리가 어떻게 만났는데 또 나를 떠나려고 했니? 이렇게 널 보낼 수는 없어"

준하가 울먹이며 화자를 바라본다.

"오빠, 그냥 슬펐어요. 슬픈 생각으로 꽉 차서 헤어 나올 수가 없었어요. 지금의 내 처지도, 오빠를 만난 지금의 내 입지도, 모두 슬프고 초라해서 약을 안 먹을 수가 없었어요. 정우에게도 짐만 되는

16. 운명, 무당과 목사로 만난 첫사랑 261

것 같았고요. 항상 내 안에 또 하나의 내가 있어서 내 마음대로 안 되는 것이 너무 답답했어요, 나는 죄를 너무 많이 지어서 하나님도 나를 외면하실 것만 같았어요. 오빠, 나도 정상인으로 한 번 살아보고 싶어요. 나도 하나님이 계신 거 다 느껴져요. 그런데도 내 의지대로 안 되는 걸 어떻게 해요. 오빠가 나를 좀 도와주세요."

"그래 걱정 마 화자야, 네 진심을 하나님도 아셔, 하나님께서 너의 상처도 깨끗하게 치료해 주실 거야, 그리고 너를 악의 구렁텅이에서 건져주실 거야, 너는 이 사실을 믿기만 하면 돼, 아주 어린아이처럼 곧이곧대로 믿기만 하면 되는 거야, 우리도 너를 위해 더 많이 기도할게, 우리 함께 서로 의지하고 사랑하며 살자."

"오빠, 나도 그러고 싶어요. 나도 오빠와 결혼하는 게 평생의 소원이었어요."

"그럼, 그러자 화자야! 지금 우리가 이렇게 얼굴을 마주하고 있는 게 기적이 아니고 뭐겠니? 하나님은 기적을 만들어주시는 분이야, 화자야, 나는 예전에도 너를 사랑했고, 지금도 너 만을 사랑하고 있어, 이제 호르몬의 생성도 멈추어버린 늙은 나이지만 우리의 사랑은 여전히 변함없잖니? 얼마나 사무치게 꿈꿔왔던 만남인데, 화자야! 너를 옆에 두고 사랑하며 살 수 있게 기회를 다오, 이렇게 너를 또 놓치면 난 정말 살 수가 없을 것 같아!"

준하 오빠의 사랑고백에, 화자는 아련한 추억 속으로 빠져드는 느낌을 받는다.

어릴 적 엄마가 이불을 꿰맬 때 따스한 방바닥에 누워 이불 한 쪽을 덮고 잠들었던 그 느낌, 말할 수 없이 포근하고 편안한 느낌이 전신을 감싸 돈다.

　상처에 약을 발라주며 '호 호' 불어주던 아버지의 그 따뜻한 사랑, 그 든든한 사랑을 되돌려 받은 느낌이다.

　얼마나 사무치게 보고 싶어 했던 준하 오빠인가!

　얼마나 사무치게 듣고 싶었던 사랑한단 말인가!

　화자는 내심 생각을 한다.

　'준하 오빠는 왜 나를 사랑해 주는 걸까?'

　결혼을 한 것도 아닌데, 애를 낳아준 것도 아닌데,

　준하 오빠는 있는 그대로의 화자를 사랑해준다.

　어릴 때도 그렇게 멋져 보이던 오빠는, 지금도 변함없이 멋지고 근사하다. 하나님을 믿어서 그런가, 준하 오빠의 얼굴은 선하고 해맑다.

　화자를 바라봐 주는 그 눈빛에서 꿀보다 더 달콤한 사랑이 뚝뚝 떨어진다.

　"화자야, 많은 사람들이 귀신들의 장난에 속아 자살을 하는 거야, 그 순간만 이겨내면 언제 그랬느냐며 살 날이 오는데 말이지, 살면 살아지는 거야, 죽을 각오로 살면 다 살아지는 거야, 살면서 한두 번 죽고 싶지 않았던 사람이 있겠니? 자연에 사계절이 있듯 인생에도 봄, 여름, 가을, 겨울이 있는 법이야, 우리 이 소중한 시간들을 빼앗기지 말자, 아현동 골목에서 소꿉장난 했듯이 우리 그렇게 소꿉장난처럼 부부로 살아보자, 응, 화자야!"

　화자는 그저 눈물만 주르륵 흘릴 뿐⋯⋯

　말이 필요 없는 순간이 아니겠는가!

다음날 아침 준하가 밝은 얼굴로 병실 문을 열고 들어온다.
"굿 모닝!"
손에 뒤짐을 진채 화자에게 다가가더니 화자 앞에 불쑥 꽃다발을 내밀며 한 쪽 무릎을 꿇어앉는다.
"사랑하는 이화자 씨, 나와 결혼해 주시겠소!"
장난기를 머금고 큰소리로 청혼하는 준하를 바라보며 화자가 12살 소녀처럼 배시시 웃는다.
"화자야, 나랑 결혼해 줄래?"
"응"
화자가 힘없이 고개를 끄덕인다. 그리고 스르르 눈을 감는다.
'이 행복한 순간에 왜 이러지? 왜 이리 어지럽지?'
화자의 눈이 초점을 잃어간다. 준하 오빠의 목소리가 멀리서 아득하게 들려온다.
'이러면 안 돼, 이 중요한 순간에 정신을 차려! 이화자, 넌 지금 청혼을 받고 있어, 네 평생의 꿈이었잖아!'
화자는 자신의 몸이 끝도 없는 터널 속으로 빨려 들어가는 걸 느낀다.
'블랙홀, 맞아, 영혼의 블랙홀이 있다더니…….'
'안드로메다은하의 중심에도 태양 질량의 1억 배인 블랙홀이 있댔어 …… 나는 지금 어디로 가는 거지…….'
화자가 의식을 잃어가는 동안 준하는 밤새 외워온 청혼 대사를 신파조로 읊조린다.
"그대와 함께라면 무엇을 해도, 어디를 가도, 어떻게 살아도 나는 행복할 자신이 있소!"

준하가 신이 나서 이야기를 해도, 화자가 반응이 없다. 눈을 감은 채 웃어주지도 않는다.

"어? 이 사람이 왜 이러지?"

"화자야! 화자야!"

준하가 화자의 어깨를 흔들어 보지만 화자의 몸은 축 늘어져 미동도 하지 않는다.

"이봐요! 간호사! 간호사! 여기 좀 와 봐요. 이 사람이 의식을 잃은 거 같아요!"

준하가 외마디 소리를 지르자 간호사와 의사들이 급히 달려온다. 옷을 끌어올려 청진기를 대보고, 맥을 짚고, 혈압을 재고, 눈을 까서 동공에 플래시를 비쳐보더니 의사가 난감하다는 듯 고개를 흔든다.

"뭡니까? 이 사람 왜 이럽니까? 좀 전까지 나랑 얘기를 했는데요!"

"아무래도 삼킨 약이 치사량을 넘어서요, 워낙 쇠약해진 몸에 독한 약이 들어갔으니! 회복하기가 어려울 것 같습니다."

"아니, 무슨 소리에요? 방금까지도 나를 보고 웃었는데!"

"진정하시고, 가족들에게 연락하십시오."

준하의 전화를 받고 정우와 미주 윤정이 달려왔다.

모두 망연자실, 인사불성이다.

준하는 더 이상 자기의 힘으로는 아무것도 할 수 없다는 것을 깨닫고 교회로 달려간다.

준하가 하나님을 부르며 통곡을 한다.

"하나님! 세상에 태어나 처음으로 마음을 주고 사랑했던 사람이 죽어갑니다. 불가능한 일이 없으신 하나님, 화자를 살려주십시오. 제 옆에서 잠시만이라도 살다가게 해주십시오."

인간의 힘과 지혜가 죽음 앞에 이렇듯 나약한가?

삶과 죽음의 경계가 무엇이란 말인가?

들이마신 숨을 내뱉으면 산 자이고,

들이마신 숨을 내뱉지 못하면 죽은 자란 말인가?

화자가 의식불명의 상태로 회복의 기미를 보이지 않자 의사도 간호사도 지쳐가고 있었다.

그러나 준하는 포기하지 않고 병실과 교회를 오가며 퍼진 국수처럼 풀어진 화자의 팔 다리를 주무르며 기도하고 있다.

"이 땅에서 가난으로 목이 말랐고, 외로움과 배신감으로 목이 말랐던, 불쌍하고 고단했던 이 영혼에 하나님의 새 힘을 공급하여 주십시오."

그날 새벽에도 준하는 교회에 엎드려 기도하고 있었다.

"하나님! 하나님!"

그저 하나님의 이름을 부르고 있을 때, 뭐라고 표현할 수 없는 희열이 찾아왔다.

하나님의 임재!

생명력을 가져다주는 어떤 힘!

말할 수 없는 영적 에너지가 교회 전체에 가득 차는 것을 느꼈다.

그 순간!

강대상 위에 밝은 빛이 환하게 퍼지더니 붉은 빛의 십자가에서 선홍색 피가 뚝뚝 떨어지는 게 아닌가!

그리고 전면에 파노라마처럼 영상이 지나간다.

동네 아이들과 숨바꼭질을 하며 준하의 손에 매달려 컴컴한 토광으로 숨어드는 화자의 모습이 보인다.

잠시 후, 화자가 마음을 몰라주는 게 속상해 쌀집 벽에 해놓았던 준하의 낙서가 지나간다.

"지화자 바보!"

다시, 오징어에 고추장을 발라 연탄불에 구워, 쭉쭉 찢어 준하의 입에 넣어주는 화자의 환한 얼굴이 보인다.

잠시 후, 경기중학교에 합격한 걸 축하한다며 캐러멜을 건네주는 화자의 고사리 같은 손이 보인다.

그러더니 갑자기 무당이 되어 혼절하여 쓰러져 있던 화자의 얼굴이 보인다.

옆에서 울고 있는 정우와 미주의 얼굴이 지나간다.

그리고 119에 실려 가는 화자의 모습이 보인다.

이어서 병실에 누워 준하가 청혼을 하며 건네준 꽃다발을 받아들고 환하게 웃는 화자와 이를 지켜보는 의사, 간호사, 그리고 보호자들이 박수를 치며 축하해주는 장면이 보인다.

목사님과 몇 몇 교인들이 화자의 신당에 차려 놓았던 집기들을 뜯어다가 불에 태우는 장면이 보인다.

그리고 준하네 교회, 열 명의 장로들과 화자가 상견례를 하고 앉아 있는 장면이 보이더니,

드레스를 입은 화자가 활짝 웃으며 준하에게 걸어오는 장면이 보인다.

그러자 하객들이 수군거리며 무당과 목사가 결혼을 한다며 웅성거리는 장면을 보고 준하의 표정이 일그러진다.

"무당님! 무당 사모님!"

사모가 된 화자를 놀려대는 친구의 모습도 보인다.

"준하 오빠, 목사님보다 사모의 상급이 하늘에 가서는 더 크다던데, 얼마나 힘들면 나온 소리일까?"

화자가 묻는 소리가 들린다.

"오빠랑 신혼여행을 오다니 꿈만 같아, 여기는 교회 아니니까 목사님이라고 안 해도 되지?"

"그럼!"

"오빠, 내가 웃긴 얘기 해줄까? 에어로빅 친구한테 들었는데, 어느 날 아빠와 아들이 바다에 놀러 갔는데, 배가 있더래, 아들이 아빠에게 물어봤어, 아빠, 영어로 배가 뭐야? 그러자 아빠가 '쉽' 그랬어, 그러자 옆에 있는 작은 배를 가리키며 또 묻는 거야, 아빠, 그럼 작은 배는 영어로 뭐라고 해? 그러자 아빠가 뭐라고 했게?"

"글쎄, 보트?"

"아니, 쉽 새끼!"

"뭐, 어! 하! 하! 하!"

서로의 얼굴을 바라보며 박장대소하는 모습이 보인다.

이어 화자와 준하가 첫날밤을 보내는 호텔이 보인다.

"야호! 드디어 우리 둘만의 시간이다!"

화자의 환호성에 준하가 화자를 번쩍 안아 올린다.

"안 돼, 나 무거워, 오빠 그러다 허리 다칠라!"

"허리 걱정은 마셔라! 이래도 한 때는 서울 장안을 누비던 퓨마였다!"

화자가 발버둥을 치며 내려 달라고 하자 준하가 장난을 치며 침대에 집어 던진다.

"사람 몸이 이게 뭐니? 검불가마니처럼 가벼워서는!"

준하가 먼저 씻고 나오자 화자가 샤워실로 들어간다.

"얼른 나오지 뭐가 그리 오래 걸려요?"

준하의 재촉에 화자가 웃으며 머리를 턴다.

은은한 조명 아래 준하의 팔베개를 베고 누워 화자는 세상에서 제일 행복한 여자가 된다.

'아! 나에게도 남편이 있구나!'

준하의 품에 쏘옥 들어가 화자가 속삭인다.

"아! 준하 오빠 냄새다! 옛날 숨바꼭질 할 때, 오빠 손바닥에서 맡았던 그 냄새!"

화자가 흠흠대며 준하의 머리에 코를 박는다.

"오빠, 나는 늘 이 냄새가 기억이 났었다! 사람은 얼굴보다 냄새로 기억되는 거 같아. 지금도 이렇게 기억하는 걸 보면!"

"그래? 사람 냄새가 따로 있어?"

준하가 벌름거리며 화자의 목을 간지른다.

"오빠, 젊은 사람들만 사랑하는 게 아닌가 봐! 이렇게 숨소리만 들어도 행복한 걸 보면, 꼭 육체적인 사랑만 사랑은 아닌가 봐!"

"그래? 꼭 다 그렇지는 않겠지? 이놈!"

화자가 깔깔대며 도망을 치고, 준하가 호랑이 시늉을 하며 따라 잡는 장면이 보인다.

그리고 얼마나 시간이 흘렀을까?

준하의 귀에 생생한 목소리가 들려온다.

"오빠, 나는 이제 무당이 아니에요. 이제 오빠 색시에요. 나는 이제 목사님 사모가 되었어요."

화자의 소리에 준하는 벌떡 일어나 두 손을 치켜들고 큰소리로 외친다.

"아! 하나님 아버지, 고맙고 감사합니다!"

준하는 이내 활짝 웃으며 화자가 있는 병실로 향한다.

그의 뒤로 화창한 아침 햇살이 밝게 빛나고 있다.